서툰 어른, 서른입니다

서툰 어른, 서른입니다

이해 지음

행복우물

프롤로그

'서른이 되고 나면 안정되고 행복해질 거야.'

아무런 근거도 없이 이런 믿음으로 살아왔습니다. 그
때 당시 저에게 세상은 아주 험난한 곳이었고, 삶은 고통
의 연속이었어요. 제가 할 수 있었던 건, 그저 하루하루
를 견뎌내는 것뿐이었습니다. 사회생활을 하는 것도, 가
족들과의 외식 자리도, 친구들과의 관계도 쉽지 않았어
요. 심지어 길에서 스쳐 지나가는, 다시는 볼 일 없는 사
람들을 마주칠 때도, 제 몸과 마음은 반사적으로 움츠러
들었죠. 왜소하고 무능한 제 자신을 들킬까 봐 두려웠습
니다. 그렇게 평생을 남 눈치만 보면서 살다 보니, 제 인
생에 저의 자리는 없었습니다. 오직 타인만이 존재했죠.
'내 인생인데 내가 없다는 것'

그건 마치 맞지 않는 옷을 입은 듯한 느낌이었습니다. 현실로 시선을 돌릴 때면, 항상 불안하고 괴로움이 찾아 왔어요. 그래서 저는 현실도피를 했습니다. 게임이라는 가상 세계로, 술이라는 마취제로 말이에요. 10년 가까이 중독된 생활을 지속했습니다. 게임에 시간과 돈을 갈아 넣었고, 매일 술을 마시며 정신을 마비시키고, 눈앞의 현실을 외면했습니다.

스트레스는 점점 더 심해졌고, 심리적인 불안감도 절정에 달했습니다. 그러다 나이 서른에 명확한 원인을 알 수 없는, 희귀난치병 진단을 받았습니다. 잠을 충분히 자도, 한낮에 졸음이 쏟아지는 기면증이었습니다. 저는 매일 수면 발작과 사투를 벌였어요. 하루에 커피 6잔을 마셔도 소용이 없었습니다. 그나마 정체성을 유지해 주던 직업에서 문제가 생긴 거죠. 일을 하는 도중에 잠에 빠져든다는 건, 정말 지옥과도 같았습니다. 근무 태만이라는 오해를 받기 십상이니까요.

제 몸 하나도 챙기지 못하는데, 아픈 이들을 치료한다는 건 아이러니한 일이었습니다. 그때 당시 저는 아픈 환자들을 돌볼 마음의 여유가 없었습니다. 제 인생은 점점 추락하고 있었으니까요. 타인의 몸과 마음을 치료하려면, 내 몸과 마음이 건강해야 한다는 걸 깨달았습니다. 그렇게 제 자신을 돌아보고, 제 지난 삶을 돌아보았습니다. 두렵고 불안한 감정들을 바라보면서, 한 발 한 발 나아가기 시작했습니다. 처참히 망가졌던 인생은 완전히 뒤바뀌게 됩니다. 희귀난치병, 정서불안, 시선 공포증, 게임 중독을 극복하고 완전히 다른 사람이 되었습니다. 사실 더 정확히 말하면, 죽어있었던 제 본연의 모습을 찾게 되었다고 하는 게 맞겠네요. 이 책은 그 과정이 담겼습니다.

과거와는 달리 경제적 수준이 많이 올라와 있음에도 불구하고, 사람들은 갈수록 더 불행하다고 느끼고 있습니다. 우울증 환자는 점점 늘어나고 있고, OECD 국가 중 자살률 1위인 나라는 여전히 한국입니다. 왜 이런 일이 생기는 걸까요? 저는 이 모든 것들이 사회가 우리에게 강요하는 어떤 생각과 믿음들 때문이라는 걸, 경험을 통해 깨달았습니다. 학교에서든 가정에서든 어떤 가르침들은 유용한 건 사실이지만, 그때 배운 모든 게 다 그렇지는 않습니다. 우리가 흔히 갖고 있는 사회적 통념들이 마음을 불안정하게 만듭니다. 그것들은 온갖 심인성 질환들을 유발하고, 삶을 고통스럽게 만듭니다. 그래서 우리는 과거에 아무런 의심 없이 받아들였던, 이 관념들에 의구심을 가져보아야 합니다.

이 책은 기존에 갖고 있던 믿음들을 깨고, 완전히 새로운 인생을 살게 된 제 이야기입니다. 단순히 저의 일대기를 써 내려간 자서전이 아닙니다. 경험을 통해 얻은 깨달음을 담은 책입니다.

마음, 인생, 일, 돈, 인간관계

이 5가지 영역에 대해서 여러분들과 대화를 나눠보고자 합니다. 그런 과정에서 여러분과 저는 또 다른 변화를 마주하게 될 거라 믿어요. 글에 담긴 제 생각과 가치관이 절대적인 정답은 아닙니다. '이건 틀렸다', '이렇게 해야 한다'는 식의 강요하는 마음으로 쓰지 않았습니다. 공감되지 않는 부분도 분명히 있을 겁니다. 그러니 한 장 한 장에 담겨 있는 생각들을 삶에 적용했을 때, 도움이 될지 자신에게 물어보세요. 도움이 되지 않는다면, 과감하게 다음 장으로 넘어가셔도 좋습니다.

1년 만에 답이 없던 제 인생이 단숨에 바뀌는 걸 경험했습니다. 지금 느껴지는 감정을 바라보고, 마음을 다스렸을 뿐인 데도요. 그 순간 이것을 혼자만 경험하기엔 아깝다고 느껴졌어요. 저는 자신을 드러내길 두려워하던 사람임에도 불구하고, 많은 분과 나눠야겠다는 생각이 들었습니다. 혹시나 과거의 저와 같은 고통을 겪는 분들이 계신다면, 이 책을 통해 조금이라도 마음의 평화를 찾을 수 있기를 소망해 봅니다. 더 나아가 이 책이 자신의 꿈을 향한 발걸음을 내딛는 그 시작점이 되길 바랍니다.

2023년 가을
이해

목차

1부

보통의 어른, 나락으로 떨어지다

2부

서른이 되어서야 어른이 되었다

3부

서른, 일을 하며 느낀 것들

4부

돈 걱정 없는 어른이 되고 싶어

5부

혼자가 더 좋은 나지만

보통의 어른, 나락으로 떨어지다

졸지에 난치병 환자가 되다

'김동현 님의 희귀질환 산정 특례 등록이 완료되었음을 알려드립니다.'

건강보험공단에서 메시지가 날아왔다. 그렇게 졸지에 난치병 환자가 되어버렸다.

'후우…. 나한테 이런 일은 없을 줄 알았는데'

한숨이 절로 나왔다.

'어쩌겠어. 이미 벌어진 일인 걸.'

마음을 다스리며 눈 앞에 펼쳐진 현실을 받아들였다.

한낮에 통제할 수 없는 졸음이 쏟아졌다. 일을 하다가도 갑작스레 잠에 빠져들어 1분 내외로 꿈을 꾸었다. 업무에 문제가 생겼다. 결국 컴플레인이 여럿 발생했고, 나는 팀장님에게 불려 갔다.

"동현아, 환자분이 너 치료 시간에 자꾸 잔다고 담당 치료사를 바꿔달래. 어떻게 된 거야?"
"아…. 그러게요. 죄송합니다….."

부끄러웠고 화가 났다. 엄연히 시간과 돈을 들여 치료를 받으러 왔는데, 치료사가 졸고 있으면 얼마나 속이 터지겠는가! 더 큰 문제는 졸았다는 사실조차도 인지하지 못한다는 거다. 갑자기 의식이 끊겨버린다. 잠시 후에 의식을 되찾으면 생각을 한 것인지, 꿈을 꾼 것인지 헷갈렸다.

처음엔 단순히 자기 관리의 문제라고 생각했다. 딴짓하느라 잠을 늦게 자서일까? 아니면 술 때문일까? 일찍 잠을 청해 보기도 하고, 금주를 해 보기도 했다. 일하다가 졸린 느낌이 들면, 일어선 채로 업무를 이어갔다. 그런 나의 노력이 무색하게 '쿵!' 하는 소리가 났다. 의식을 잃고 순간 다리에 힘이 풀렸던 것이다. 다행히도 넘어지진 않았다. 이처럼 졸음을 쫓아내기 위해 시도한 여러 가지 방법들은 아무런 효과가 없었다. 커피를 1~2시간 간격으로 쏟아부었다. 하루에 7잔을 먹어도 소용이 없었다. 있는 힘껏 발버둥 쳐보아도, 졸음의 손아귀에 붙잡혀 있는 느낌이었다. 나중에야 그것이 수면 발작이라는 사실을 알게 되었다.

이제까지는 피곤해서 그러겠거니 하고 넘겼지만, 밤에 잠을 푹 자고 일어난 날에도 통제 불능 상태라는 건 문제가 있는 게 분명해 보였다. 그 순간 예전 기억들이 떠올랐다. 나는 학생 때부터 책상에 앉아 공부할 때도 계속 졸았다. 심지어 너무나 무서웠던 아버지가 언제 내 방문을 열어젖힐지도 모르는데 말이다. 병원 실습생 시절, 항상 긴장을 늦출 수 없던 상황인데도 어김없이 졸았다. 이제 와서 보니 이 모든 일들이 단순 피곤함 때문은 아니라고 느껴졌다. 뭔가 이상하다는 사실을 눈치챘다. 내게 벌어지고 있는 이 현상에 대해, 신경과학 전문 서적을 찾아보고 인터넷 검색도 해보았다.

'기면증은 낮 시간에 과도하게 졸리고 렘수면의 비정상적인 발현, 즉 잠이 들 때나 깰 때 환각, 수면 마비, 수면 발작 등의 증상을 보이는 신경정신과 질환이다. 가장 흔한 증상은 수면 발작(Sleep attack)으로, 참을 수 없는 수면이 엄습해 오는 것을 피할 수 없는 것이다.'

'완전 나랑 똑같은데…?'

'기면증'이라는 질병의 증상이 내가 현재 겪고 있는 상태와 거의 유사했다. 얼른 병원을 가봐야겠다고 생각했다. 신경정신과를 예약했고, 진료 날짜가 다가왔다. 기면증이 맞다는 확신이 들기 시작하면서, 증상이 점점 더 심해졌다. 점점 머리가 더 무겁고 멍해지는 느낌이었다. 어지러움까지 더해져 고통스러웠다. 천근만근이 된 머리를 애써 챙겨 집 밖으로 나섰다. 차로 한라산을 넘어 1시간 정도의 거리에 있는 병원이었다. 버스를 수십 년간 타고 다녔는데도 불구하고, 그날은 이상하게 극심한 멀미를 했다. 당장이라도 속에 있는 걸 다 끄집어낼 거 같았다.

'안 돼, 공공장소에서 그런 실례는 절대 용납할 수 없어!'

정신을 끌어모아 견뎌냈다. 나는 우여곡절 끝에 병원에 도착해 이런저런 검사들을 마친 뒤, 의사 선생님을 대면했다.

"혹시 평소에 스트레스 많이 받으세요?"

"네? 딱히 그러진 않은 거 같은데요⋯."

"자율신경계 검사를 했는데 수치가 높게 나왔네요. 여기 보시면은⋯."

워낙 오랜 기간 스트레스를 받다 보니, 인지하지 못한 채 지내왔던 것이다. 화면에 보이는 시뻘건 막대그래프는 매우 위험하다고 말해주고 있는 듯했다. 그렇게 수면 검사 일정을 잡았고, 한 달 정도 기다려야 했다. 검사도 하기 전이었지만, 90퍼센트 이상의 확률로 기면증이 맞을 거라는 느낌이 들었다.

검사일이 다가왔다. 검사 당일에 카페인 섭취가 금지되어 있어 더 고통이었다. 10년 동안 커피를 안 먹어본 적이 없었는데, 먹지 못하니 증상이 더 심해지는 느낌이었다. 밤늦게 병원에 도착했다. 안내를 받고 들어간 곳은 아주 안락해 보이는 방이었다. 설문지를 작성하고 머리에 여러 개의 전극을 붙였다. 거울에 비친 내 모습을 보자, 그 꼴이 마치 레게머리를 한 동남아 사람 같았다. 1시간 정도의 준비 끝에 수면 검사가 시작되었다. 나는 잠자리를 가리지 않았기에 평소와 같이 정말 푹 잤다. 아침 8시부터는 주간 검사가 시작되었다. 2시간 간격으로 불을 끄고 잠을 청해야 했다. 8시부터 8시 반까지 잠을 자고, 다시 1시간 반 동안 깨어있다가, 10시가 되면 다시 10시 반까지 잠을 자는 식이었다. 이러한 반복 끝에 오후 3시쯤에 검사가 끝났다. 그제야 레게머리를 탈출할 수 있었다. 밤이 아닌데도 불구하고, 나는 4번의 수면 타임 동안 단 한 번도 빠짐없이 잠에 빠져들었다. 그것도 아주 빠르게 말이다. 나중에 들은 바로는 원래 주간에는 잠에 빨리 못 드는 게 정상이란다.

몇 주 후에 다시 병원을 찾았다.

"검사 결과가 나왔는데 기면증이네요. 그동안 어떻게 견디셨어요?"

어느 정도 예상은 했지만, 막상 들으니 심장이 쿵 내려앉는 듯했다.

"역시 맞군요…. 그냥 커피 계속 먹으면서 버텼어요."

"커피 마시는 걸로 해결이 불가능하셨을 텐데…. 고생하셨네요."

"혹시 약은 계속 먹어야 하나요?"

"네. 기면증은 원인도 명확하지 않고, 완치되는 경우는 아직 없어요. 그래도 약 꾸준히 드시면 생활하시는 데 불편한 건 없으실 겁니다."

"알겠습니다. 선생님 감사합니다."

평생 이 병을 달고 살아야 한다는 사실이 어깨를 무겁게 짓누르는 것만 같았다. 약을 먹으면 졸음 증상이 괜찮아진다니 그나마 다행이지만, 차 운전을 하기도 애매해졌다. 혹시나 운전하다가 의식을 잃고 무고한 사람을 다치게 하면 어쩌나 하는 마음이 들곤 했다. 하지만 한탄한다고 뭐가 달라지기나 할까. 약이나 잘 챙겨 먹으면서 이런 생활에 적응하는 수밖에.

마음으로 난치병을 고치겠다고?

　수십 년간 항상 긴장하고 불안해하며 살았던 나는 위염, 장염, 두통 등 잔병치레가 잦았다. 거기다가 이제는 난치병까지 얻다니. 이런 상황이 절망적이기도 했지만, 약간의 체념 끝에 받아들였다. 그렇게 매일 아침 약을 챙겨 먹으며 일상생활을 이어 나갔다. 약의 효과는 대단했다. 머리가 이렇게 맑아질 수 있다니. 30년을 살면서 이런 느낌은 처음이었다. 평생을 흐리멍덩한 상태로 살아왔다는 사실에 적잖이 놀랐다. 약의 도움으로 인해, 수면 발작 증상은 눈에 띄게 줄어들었다. 하지만 나는 약효가 점점 떨어질 거라는 생각에 두려웠다.

　'또 일하다가 잠들면 어떡하지?'

　이 약이 내 일상생활을 유지하게 해줄 유일한 수단인

데, 모든 약이 그렇듯 내성이 생기면 어쩌나 걱정이 되었다. 만약 그렇게 되면, 시간이 갈수록 점점 더 많은 양의 약물이 필요하게 될 테니 말이다. 나는 잠에 빠져들까 봐 전전긍긍하며 약을 쏟아붓는 그런 삶을 살고 싶지 않았다. 다른 방법은 없을까? 고민하던 찰나에, 예전에 배웠던 플라시보 효과가 떠올랐다. 그렇게 플라시보와 관련된 책을 찾아 읽었다.

180명의 무릎관절염 환자가 있었다. 그들은 눈에 보일 정도로 다리를 절거나, 지팡이가 없이는 걷지 못하는 이들이었다. 이들 중 일부는 실제로 무릎 수술을 진행했고, 나머지는 절개 후 아무것도 하지 않고 다시 꿰매는 가짜 수술을 진행했다. 그 결과, 가짜 수술을 받은 환자들도 진짜 수술을 받은 환자들과 똑같이 좋아졌다. 어떻게 그들은 무릎 수술을 받지도 않았는데, 걸을 수 있었을까? 그들에겐 자신이 수술을 받았으니 좋아질 거라는 믿음이 있었다. 그런 믿음으로 인해 더 나은 미래를 그리게 되고, 희망과 기쁨과 같은 긍정적인 감정을 느낀 것이다. 순간 나는 무릎을 '탁' 쳤고, 약간의 희망이 생겼다.

'어쩌면 내가 지금 앓고 있는 난치병도 낫게 할 수 있지 않을까?'

이 책을 쓴 저자의 일화를 들으며, 약간의 희망이 확신으로 바뀌기 시작했다. 저자는 과거에 극심한 교통사고로 척추뼈 6개가 골절되었다. 부러진 척추뼈의 잔해들이 그 안의 신경들을 찔러 망가뜨리기 직전이었다. 의료진들은 척추에 철심을 박아야 겨우 걸을 수 있을 거라고, 수술 후에도 통증은 계속 안고 살아야 한다고 말했다. 그러자 그는 수술을 거부하고 집으로 돌아왔다. 그는 우리의 내면에 자가 치유 능력이 존재한다고 믿었다. 자동으로 심장을 뛰게 하고, 호르몬 변화와 화학적 반응을 만들어 내는 어떤 힘이 있다고 말이다. 당장 할 수 있는 거라곤 엎드려 있는 것밖에 없었지만, 부정적인 생각들을 차단하며 마음속으로 척추가 치유되는 상상을 했다. 완전히 치유되어 정상적인 삶을 사는 자신의 모습을 생생하게 그린 것이다. 그러자 놀랍게도 9주 반만에 아무런 수술 없이도 정상적으로 걸을 수 있게 되었다. 30여 년이 지난 지금도 통증 하나 없이.

이처럼 마음의 상태가 신체에 큰 영향을 끼친다면, 내가 앓는 난치병도 치유될 가능성이 존재한다는 의미였다. 불안함과 두려움으로 똘똘 뭉친 이 스트레스가 내 질병의 원인일지도 모른다는 느낌이 들었다. 나는 이 플라시보 효과를 이용하여 기면증을 치유하겠다는, 어쩌면 망상에 더 가까운 생각을 했다. 그렇다. 나 혼자만의 망상일지도 모른다. 그러나 평생 약물과 카페인에 의존하며 살고 싶진 않았다. 밑져야 본전이지 않을까? 그렇게 스트레스의 손아귀에서 벗어나기로 결심했다. 이제까지 나는 스트레스를 별로 받지 않는다고 생각했다. 그러나 검사 결과는 거짓말하지 않는다. 얼마 전 병원에서 들었던 이야기가 머릿속에 맴돌았다. 평소에 스트레스 많이 받냐는 그 말. 그리고 높게 치솟은 빨간 막대그래프. 나는 대체 무엇 때문에 그토록 스트레스를 받고 있었던 걸까?

그 원인을 찾기 위해 매 순간 제3자로서 나 자신을 바라보려고 노력했다. 여느 때처럼 환자를 치료하고 있었다. 그러다 문득 내 마음을 알아차리게 되었다. 별다른 사건이 일어나지 않았는데도, 나는 매우 긴장되고 경직되어 있었다. 정말 무슨 큰일이 일어날 것처럼. 그때 알았다. 사람 상대하는 일에 상당한 불안함과 스트레스를 받고 있다는걸. 나는 환자가 내 치료에 만족하지 못할까 봐, 그래서 비난받을까 봐 걱정했다. 그러니 하루 업무가 끝나면 녹초가 될 수밖에 없었던 것이다. 그로부터 며칠

뒤, 길을 걸으면서 또 놀라운 사실을 발견했다. 길거리에서 마주치는 사람들. 분명 그들과 나와의 만남은 아주 찰나에 불과했다. 다시 마주칠 가능성은 거의 없음에도 불구하고, 나는 또 눈치를 보고 있었다. 이런 모습이 답답해서 스스로 물었다.

'앞으로 만날 일 없는 사람들이야. 대체 왜 그래?'

적어도 내가 느끼기엔, 마주치는 모든 이들이 나를 이상하게 쳐다보는 것만 같았다. 왜소해서, 못생겨서, 약해 보여서. 나는 갖가지 이유를 생각하며 타인의 눈을 의식하기 바빴다. 왜소해 보이지 않기 위해 한껏 힘을 주며 걸었고, 강해 보이기 위해 잔뜩 인상을 쓰며 걸었다. 그렇게 사람들을 마주할 때마다 전투태세에 돌입했다. 마치 전시 상황처럼 내 몸과 마음은 초긴장 상태였다. 직장에서만 그런 줄 알았는데, 장소를 가리지 않고 불안함을 느꼈다. 사람들과 대면할 때마다 두려움을 느낀다는 건, 하루의 절반 이상을 스트레스를 받으며 산다는 의미였다.

이러니 병이 안 생길 수가 있었을까. 하지만 이런 사실을 알아차리는 것만으로도 절반은 성공이라고 믿었다.

나의 상태를 알게 되었으니, 이제는 해결할 일만 남았다고. 나는 다짐했다. 이제부터라도 마음에 관해 공부하고, 지긋지긋한 스트레스에서 해방되리라고. 그렇게 내 일상을 방해하는 난치병에서도 벗어나리라고.

결국 내게 일어난 기적

누구나 이 정도 스트레스는 받으며 산다고, 스트레스 안 받는 사람이 어디 있느냐고 생각했다. 뒤늦게 안 사실은 내가 다른 이들에 비해 훨씬 더 많은 스트레스를 받고 있었다는 것이다. 삼자로서 바라본 나는 항상 신경이 곤두서있고, 쉽게 짜증이 나고 불안해하는 사람이었다. 오직 집에 있을 때만, 잠시 긴장을 풀고 한숨을 돌릴 수 있었다. 습관처럼 이런 말을 꺼냈다.

"아…. 진짜 스트레스받아"

하지만 그런 스트레스에 어떻게 대처해야 하는지 알지 못했다. 운동이나 취미생활, 적절한 휴식을 취하라는 뻔한 방법들은 이미 다 해보았다. 그런 것들은 분명 짜증을 가라앉혀 주긴 했지만, 아주 잠깐에 불과했다. 근본적인 해결책이 아니었던 것이다. 나는 스트레스의 근원을 찾아 안으로 파고들기 시작했다.

'나의 이 예민함은 어디서 오는 걸까?'

쉽게 답이 나오지 않았다. 나는 언제부터 이렇게 예민한 사람이 되었을까? 잠시 멈춰 지나온 과거를 돌아보았다. 그때부터였던 거 같다. 10살이 채 되지 않은 한 아이가 표현하고자 하는 욕구를 억눌러야만 했을 때. 나는 떠오르는 모든 생각과 감정을 속으로 꾹 눌러 담았다. 주변 사람들의 반응이 무서워서, 사람들과 멀어질까 봐 두려워서. 초등학교 6년, 중학교 3년. 10년 가까이 말을 거의 하지 않으며 살았다. 아무리 억울하고 화나는 순간에도 나는 꾹 참았다. 이처럼 무엇이든 참는 오랜 습관으로 인해, 점점 더 예민해졌다. 내 나이 서른, 병을 얻고 나서야 깨달았다. 참으면 병난다는 사실을. 하지만 뒤이어 드는 생각은 이랬다.

'그렇다고 감정을 내키는 대로 표출할 수는 없는 일 아닌가? 그것은 남들에게 피해를 주는 일이잖아.'

나에겐 감정적인 사람은 나쁘다는 인식이 강하게 박혀 있었다. 그렇기에 이성으로 감정을 통제하려 들었다. 겉보기엔 감정을 잘 통제하는 아주 이성적인 사람으로 보였지만, 실제로는 정반대였다. 조그마한 자극에도 신경이 곤두섰고, 갑작스레 화가 났다. 그럴 때마다 또다시 감정에 족쇄를 채워 마음속에 가둬두었다. 제발 조용히 좀 하라고, 밖으로 나오지 말라고. 시간이 흐를수록, 마음속에 갇힌 부정적 감정들은 점점 더 많아졌다. 그리고 그들의 저항은 더욱더 거세졌다. 약간의 틈이라도 생기면, 밖으로 뛰쳐나와 나를 괴롭혔다. 결국 이런 행동들이 스트레스의 근본적인 원인이었던 것이다.

나는 매일 감정에 대해 생각해 보는 시간을 가지기 시작했다. 부정적 감정이 올라올 때마다, 한 발짝 떨어져 그저 바라보기만 했다. 물론 쉽지 않았다. 무엇이든 처음은 힘든 법이니까. 그렇지만 살짝 감정과 거리를 두고 있는 것만으로도, 마음이 조금은 편해졌다. 감정에 곧바로 반응하는 게 아닌, 잠시 멈춰서 감정을 알아차리는 연습. 이 사소한 행동이 습관이 되자, 내 인생은 변하기 시작했다. 스트레스가 눈에 띄게 줄었다. 6개월이 지나자, 내 마음은 점점 평온해졌다. 어떤 일이 일어나든지 간에 마음이 크게 요동치지 않았다. 수십 년 동안 달고 살았던 불안장애도 사라졌다. 솔직히 이것만으로도 놀라운 성과였다. 마음의 상태가 안정되자, 나는 몇 달째 먹고 있던 각성제를 임의로 끊어버렸다. 그러자 수면 발작이 또 생기면 어쩌나 하는 걱정이 들곤 했다.

그럼에도 해낼 수 있다고 믿었다. 척추가 망가졌지만, 자가치유를 해낸 저자처럼 말이다. 애초에 희귀난치성 질환에 걸린 적이 없었던 것처럼. 나는 난치병 환자라는 정체성을 버렸다. 매일 상상했다. 약을 먹지 않고도 건강하게 일상생활을 이어 나가는 내 모습을. 몇 주가 지났을까? 정말 믿을 수 없었다. 발작 증상이 점점 완화되기 시작하더니, 결국 사라졌다. 의학의 도움 없이 자가 치유가 된 것이다. 이것은 정말 기적이었다. 약 복용을 중단한 지 1년 반이 지난 지금도, 문제없이 생활하고 있다. 내가 상상했던 그 모습 그대로 말이다. 이제 나는 더 이상 난치병 환자가 아니다.

'결국 삶은 마음가짐이 전부였구나.'

마음의 초월적인 힘을 느낀 나는, 마음에 대해 더 깊게 연구하기 시작했다. 왜 우리는 심리적인 문제들로 고통을 받고 질병을 앓으면서도, 정작 그 고통과 병의 근원인 마음을 들여다보지 않는 걸까? 대다수의 사람들이

33

행복하길 원하면서, 왜 행복이라는 감정에 대해선 무지한 걸까? 참으로 아이러니한 일이다. 아무리 나이가 많아도, 감정을 어떻게 다루어야 하는지 알지 못하는 사람이 태반이다. 그저 "부정적 감정은 나쁜 거야. 그래서 긍정적으로 생각해야 해." 이렇게 생각하는 경우가 대다수다. 그러니 전 세계적으로 그 어느 때보다 심인성 질환을 겪는 사람이 많은 거겠지. 나 또한 그런 사람들 중 한 명이었다.

하지만 부정을 긍정으로 덮으려는 것마저도 감정을 억압하는 방법의 하나일 뿐이다. 우리는 부정적인 감정을 느끼지 않으려 애쓴다. 이런 행동은 어디서 올까? '부정적인 감정은 나쁘다'는 인식에서 시작된다. 부정적 감정은 드러내면 안 된다는 가르침은 우리를 스트레스의 노예로 만들어버렸다. 경제적 수준이 엄청나게 높아졌지만, 우울증, 공황장애와 같은 정신 질환을 앓고 있는 사람들은 훨씬 많이 생기고 있다.

지금은 괜찮다 하더라도, 장기간 스트레스가 누적되면서 온갖 질병을 앓게 될지도 모른다. 몸이 마음에 영향을 주듯, 마음도 몸에 영향을 준다. 우리는 몸 건강만 신경

쓸 게 아니라, 마음 건강에도 관심을 가져야 한다. 몸과 마음의 건강이 조화를 이루는 것. 그것이 진정한 건강이 아닐까?

감정을 통제하려는 그 마음이 병을 만든다

'어째서 학교에서는 마음을 다스리는 법을 알려주지 않았을까?'

어른이 된 지금은 써먹지도 못하는 잡다한 공식들은 알려주면서 말이다. 학교에서 배웠던 걸로 인해 내 삶에 도움이 되었던 건 단 하나도 없다. 가끔은 이런 생각이 들곤 했다. 마음에 대해 누군가 일찍이 알려주었다면, 삶이 이렇게까지 고통스럽진 않았을 거라고. 나는 가까운 친구들에겐 흔쾌히 시간을 내면서도, 매 순간 나와 함께하는 존재인 마음에겐 시간을 조금도 내지 않았다. 바쁘다는 이유로 말이다.

대부분의 사람들은 마음에 대해 잘못 이해하고 있다.

그저 감정이 올라오는 대로, 기분이 내키는 대로 행동한다. 또는 반대로 감정을 느끼길 거부하면서 피하거나 억누른다. 나 역시 20년이 넘도록 감정을 계속 억누르면서 참아왔다. 감정적인 사람이 되어선 안 된다고 믿었기 때문이다. 하지만 참으면 참을수록 작은 일에도 점점 더 예민해졌다. 그 결과, 불안장애와 기면증까지 얻었다.

두려움, 분노, 슬픔과 같은 부정적인 감정은 나쁘다는 인식이 널리 퍼져있다. 그래서 그런 감정들을 느끼는 건 잘못된 거라고 생각한다.
'왜 갑자기 눈물이 나지? 울면 안 되는데….'
'난 왜 이렇게 감정 조절이 안 될까?'

긍정적인 마음으로 부정적인 마음을 덮어버리려고 노력하기도 한다. 사실 사람이라면 불안하고 두렵고, 분노하고 슬퍼하는 건 너무나 자연스럽다. 하지만 우리는 어릴 때부터 부정적인 감정을 억누르도록 교육을 받는다.
"울긴 왜 울어? 바보 같이."
"함부로 화내면 안 돼. 그건 나쁜 거야."

물론 좋은 의도로 하는 말이겠지만, 이런 식의 말들은

자연스러운 감정들을 억누르게 만든다. 우리는 감정을 둘로 나눠놓고, 판단한다. 사랑과 기쁨은 좋은 것이고, 두려움과 분노, 슬픔은 나쁜 것이라며. 그런 다음, 나쁜 감정이라고 생각하는 것들은 느끼지 않으려고 애쓴다. 여기서 고통이 시작된다. 감정은 강물과 같다. 감정이 나를 통해 자연스럽게 흘러가도록 두어야 한다. 느끼지 않으려 애쓰면 감정은 흐르지 못하고 무의식 안에 갇힌다. 그런 행동이 반복될수록 부정적 감정들이 산더미처럼 쌓인다. 그렇게 쌓여 있는 곳은 어디일까? 바로 우리의 마음속이다. 물이 고이면 썩듯이, 그것은 우리 내면의 한편에서 썩고 있다.

사실 부정적인 감정이 나쁘다는 생각만 바꿔도 대부분의 감정적 문제는 해결된다. 감정에 옳고 그름은 없다. 사랑은 사랑이고, 슬픔은 슬픔일 뿐이다. 두려움은 우리를 위험으로부터 보호해 생존에 도움을 줬으며, 불편함은 그 느낌을 벗어나게 함으로써 성장하게 했다. 이처럼 부정적인 감정들 역시 삶에서 필요하기에 존재한다. 심리학자 폴커 키츠와 마누엘 투쉬는 말했다.

"화는 그저 뱃속에서 부글거리는 것일 뿐이어서 아무

도 해치지 않을 수 있다. 중요한 것은 먼저 나의 감정을 있는 그대로 감지하고, 왜 그런 감정이 일어나는지 원인을 찾아보고, 내 인격의 일부로 받아들이는 것이다. 감정을 무턱대고 몰아내려고만 하면, 무의식에 똬리를 튼 감정은 계속해서 뒷맛을 남기며 우리를 병들게 할 수 있다."

감정을 표출하거나 억압하고 회피할 게 아니라, '수용'을 해야 한다. 우리는 감정적인 사람이 되지 않기 위해 감정을 억압하는 데 익숙해져 있다. 억누르면 그 순간 감정이 사라진 듯한 느낌이 든다. 하지만 그것은 착각이다. 표면적으로만 보이지 않는 것일 뿐, 무의식 속에 계속 쌓이게 된다. 마치 압력이 가득 찬 냄비처럼 언제 터져 나올지 모른다. 감정을 다스린다는 건 감정을 있는 그대로 바라보는 것에서 시작된다. 짜증이 나는 상황이라면, '짜증'이라는 감정에 완전히 빠져들지 말고, 그곳에서 한 발짝 떨어져 바라보자. 분명 짜증은 나쁜 거라고 판단하는 마음도 존재할 것이다. 판단하지 말고, 너무나 자연스러운 감정이라는 걸 인정하자. 그 불편한 느낌이 싫어서 피하려 하거나, 억누르려 해선 안 된다. 그 불편함과 함께 그 순간에 머무르자. 그러면 언제 그랬냐는 듯이 감정이 풀려나고 해소된다.

각각의 감정을 하나의 인격체로 생각해 보자. 나 자신이 넓은 마음을 가진 따뜻한 사람이 되어, 포용하고 공감해 주는 것이다. 마치 할머니가 사랑하는 어린 손녀를 대하듯이. 분노, 짜증, 슬픔, 두려움도 똑같은 어린아이들일 뿐이다. 감정을 느껴준다는 것은, 감정을 품어주는 것을 의미한다. 감정과 하나가 되어 그것이 하자는 대로 휘둘리는 게 아니다. 아이가 해달라는 대로 다 해주는 건 좋은 부모가 아니듯이 말이다. 제3자로서 지금 느껴지는 감정을 있는 그대로 바라보고 수용하는 것 그리고 그것과 함께 머무르는 것. 사실 그게 전부다. 이제 나는 안다. 느껴지는 모든 감정에는 그럴만한 이유가 있다는걸.

모든 감정을 있는 그대로 받아들일 수 있을 때, 오히려 감정에 휘둘리지 않을 수 있다. 이것이 감정의 역설이다. 흔히 나쁜 것이라고 여겨지는 것들도 우리 삶에서 필요한 요소들이다. 빛만 가득한 세상에선, 빛을 알아차릴수 없다. 그래서 어둠이 필요하다. 불행한 느낌이 무엇인지 모른다면, 당연히 행복도 느낄 수 없다. 통제된 상태가 없다면 자유로운 상태를 느낄 수 없고, 슬픔이 없으면 기쁨을 느낄 수 없으며, 지루함이 없다면, 즐거움을 느낄 수 없다. 사실 이런 관점에서 보면, 불필요한 감정은 없는 것이다. 그러니 나의 감정을 함부로 판단하지 말고, 공감할 수 있어야 한다. 마치 소중한 한 사람을 대하듯이.

걱정에 물들지 않는 연습

언제부터 그랬는지는 잘 모르겠다. 돌아보니 수많은 걱정이 탑처럼 쌓여 있었다. 그렇게 어깨 위에 가득 짐을 짊어지곤 이렇게 말했다. '왜 이렇게 힘들지?' 수많은 걱정을 짊어진 채 왜 힘드냐고 투덜대는 한심한 사람. 그건 바로 나였다. 걱정과 나는 뗄레야 뗄 수 없는 관계였다. 매 순간 1분 1초 걱정이 앞섰다. 직장에선 실수할까 봐 노심초사하고, 업무를 잘 해내지 못할까 봐 엄청나게 긴장했다. 집에선 엄한 잔소리를 들을까 봐 걱정했고, 친구나 연인 사이엔 상대가 싫어하는 행동을 하진 않을지, 내가 잘못해서 사이가 멀어지진 않을지 걱정했다. 최소 20년을 이랬으니 내가 여기저기 아팠던 것도 전혀 이상할 일이 없다.

대체 나는 언제부터 이렇게 걱정 인형이 되어버린 걸까? 새로운 일에 도전할 때면, 내 마음은 쉴 새 없이 떠들어대기 시작했다. '내가 잘 해낼 수 있을까?', '못하면 어쩌지?', '웃음거리가 될지도 몰라', '남들에게 피해만 주는 건 아닐까?' 결국 나는 도전을 포기하고, 제자리에 머물렀다. 늘 해오던 대로만 살면서 세월을 보내고 있었다. 그럼에도 걱정은 끊이질 않았다. '이번 달엔 돈을 많이 써버렸네, 큰일이야.' 이처럼 사소한 걱정들이 점점 삶을 갉아먹고 있었다. 내 인생에 마음의 안정이란 없었다. 걱정이 마음속에 온통 자리 잡고 있는데, 어떻게 평온함이 찾아올 수 있을까?

이건 나에게만 해당하는 일은 아니었다. 대부분의 사람들이 그렇다. 아니, 어쩌면 인간의 타고난 본성일지도 모르겠다. 부모는 항상 자식 걱정이 끊이지 않는다. '밖에서 무슨 일 생기면 안될텐데', '좋은 대학에 가야 할 텐데', '좋은 직장 얻어야 할 텐데', '좋은 짝을 만나야 할 텐데'하면서 말이다. 나 역시 이렇게 걱정만 하는 부모님이 안쓰러웠다. 이러다 내가 50세가 되어도 걱정할 기세였다.

"엄마, 내 걱정은 그만하고, 이젠 자신을 좀 챙기고 그러세요."

돌아오는 어머니의 반박은 이랬다.

"부모의 마음이란 게 원래 그런 거야. 너도 나중에 부
모 돼봐라."

나는 그 자리에서 할 말을 잃었다.
'휴…. 차라리 잘할 거라고 믿어줬으면….'

걱정은 해로운데도 불구하고 사회적으로 용인된다. 심
지어 걱정을 해주는 건 좋은 것이라는 인식도 존재한다.
누군가 걱정을 해주면 우리는 이렇게 말한다. "걱정해 줘
서 고마워." 우리는 왜 고맙다고 말하는 걸까? 자신의 이
야기를 들어주고 공감해 주는 행위에 고마움을 느끼기
때문이지, 걱정 자체가 고마운 게 아니다. 걱정은 문제를
해결해 주기는커녕 방해 공작을 펼친다. 설령 상대방을
위한다는 의도였다 해도, 그것은 사실 상대방을 위한 게
아니다. 주변에서 걱정하는 순간, 갑자기 걱정이 되기 시
작한다. 분명 그전까지 아무렇지 않았는데 말이다. 이처
럼 걱정은 전염성이 높다. 그렇기에 나는 걱정해 주는 걸
달갑지 않아 한다. 그러면 지인들은 말하곤 했다.

"너 생각해서 그런 건데?"

대체 걱정이 무슨 도움이 된다고. 타인이 문제를 잘 극복하길 원한다면, 차라리 응원과 격려를 해주는 게 낫지 않을까? 심리학자 윌리엄 제임스는 다음과 같이 말했다.
"걱정을 오래 한다고 해서 과거에 일어난 일이나 미래를 바꿀 수 있다고 믿는다면, 당신은 다른 현실 체계를 가진 행성에 살고 있는 것이다."

그럼에도 우리는 쉽사리 걱정에서 벗어나지 못한다. "걱정되는 걸 어떻게 해!" 맞다. 걱정스러운 마음이 드는 건 너무 자연스럽다. 세상 곳곳에서 걱정을 불러일으킨다. 뉴스는 희박한 확률로 일어난 일들을 보도하며, 마치 이게 우리에게 언제든지 일어날 수 있는 일인 것처럼 만든다. 국민 5천만 명 중 1명이 문제가 생겼을 뿐인데도, 몇 날 며칠을 보도하면서 공포심을 조성한다. 일어날 확률은 0.000002%. 길을 걷다 벼락 맞을 확률보다 훨씬 낮다. 그런데도 우리는 주변 사람들과 뉴스에 보도된 내용을 공유하며 불안해한다.
"이거 봤어? 우리도 이제 안심할 수 없어."

하지만 그렇게 걱정한 일 중 90% 이상은 일어나지 않았으며, 앞으로도 일어나지 않는다. 걱정되는 건 어쩔 수 없다고 생각한다면, 할 수 있는 게 없다. 평생 걱정하고 고통받으면서 사는 것 말고는. 우리는 이성을 가진 인간이기에, 어떻게 대처할지 선택할 수 있다. 그저 나 자신이 지금 걱정스러운 마음이 들고 있다는 사실을 알아차리고 인정하면 된다.

사실 걱정의 대부분은 나쁜 상황이 닥칠지도 모른다는 마음에서 일어난다. 그런 가능성이 1퍼센트라도 존재한다면, 걱정은 피어나기 시작한다. 그럴 때일수록 감정에 사로잡혀 벌벌 떨고 있을 게 아니라, 한 발 떨어져 사실을 직면해야 한다. 우려하는 일이 일어날 가능성은 얼마나 되는지. 만약 그 일이 일어난다면 그 이후엔 어떻게 될지. 그 문제의 원인은 무엇이고, 해결책은 어떤 게 있는지. 걱정은 문제를 직면하고 해결해버리면 사라진다.

"해결될 문제라면 걱정할 필요가 없고, 해결이 안 될 문제라면 걱정해도 소용없다."라는 티베트 격언이 있다. 내가 통제할 수 있는 일이라면, 해결책을 찾고 해결해버리면 걱정은 사라진다. 내가 통제할 수 없는 일이라면,

그 사실을 받아들이면 된다. 걱정한다 한들 뭐가 달라질까? 내가 정말 좋아하는 명언이 하나 있다. 이 말을 항상 가슴속에 새기며 살아간다. 걱정만 하면서 인생을 낭비하기엔, 내게 주어진 이 삶이 너무 아까우니까.

"걱정 없는 인생을 바라지 말고, 걱정에 물들지 않는 연습을 하라." – 알랭 바디우 –

두려움 놓아 보내기

한 노인이 정자에 앉아 숲과 하늘의 경치를 감상하며 여유를 즐기고 있었다. 흰 수염을 길게 늘어뜨린 그 노인은 속세를 초월한 듯 보였다. 그 순간 한 청년이 땀을 뻘뻘 흘리며 지나가는 것이 아닌가? 그는 거추장스럽고 괴상망측한 옷을 입고 있었다. 분명 햇볕이 강하게 내리쬐는 한여름인데도 불구하고 말이다. 노인은 그 광경을 보고선 말했다.

"자네, 이 더운 날에 왜 그런 차림새로 다니고 있는가?"

청년이 한숨을 내쉬었다.
"이게 절 아프지 않게 지켜주거든요."

노인은 그 청년에게 흥미를 느끼기 시작했다.

"자네 어디가 많이 아픈가?"

청년은 말없이 걸치고 있던 옷을 벗었다. 그러자 그의 몸 깊숙이 박힌 커다란 가시가 드러났다. 그랬다. 청년은 가시가 건드려질 때마다 극심한 고통을 겪고 있었고, 그 가시를 보호하기 위해 특수제작한 복장을 하고 다녔던 것이다. 그런 그가 안타까웠던 노인은 말했다.

"그냥 그 가시를 뽑아버리면 되지 않는가?"

분개한 청년은 말했다.

"쳇! 말이 쉽지, 어떻게 그냥 뽑아요? 건드릴 때마다 얼마나 고통스러운데!"

노인은 껄껄 웃음을 터뜨렸다. 그리곤 사뭇 진지한 눈빛으로 얘기했다.

"잠깐의 고통이 두려워서 평생 그렇게 자기 몸을 감추며 지낼 텐가? 자네는 밖으로 나갈 때마다 긴장하고 있을 거야. 이 가시를 누군가 툭 건드리고 가면 어떻게 하나 걱정하면서 말이지. 그렇게 자네가 갈 수 있는 곳은 점점 적어질걸세. 결국 방구석에만 틀어박혀 있겠지. 내 말이 틀렸는가?"

청년은 속에 담아두었던 이야기를 꺼내기 시작했다.

"마…. 맞아요. 사실 이 가시가 박힌 이후로, 매 순간 불안해하면서 살아요. 잠시라도 긴장을 놓치면, 가시가 건드려질까 봐 무섭거든요. 그래서 보호장치를 하나둘 마련하기 시작했어요. 그럼에도 불안함은 사라지지 않더라고요. 제가 할 수 있는 건 그저 더 좋은 장치들을 구하는 것뿐이었죠…."

노인이 자신의 수염을 매만지며 말했다.

"가시를 빼는 고통은 잠깐이야. 하지만 그것을 지키려 들면 지금처럼 평생 고통 받는걸세. 지금이라도 그것에서 벗어나 자유로운 삶을 살지 않겠는가?"

청년은 말했다.

"정말 그러고 싶어요…! 저를 도와주세요."

노인은 청년의 가슴에 박혀있던 가시를 단숨에 빼버렸고, 온화한 미소를 띠며 물었다.

"이제 좀 어떤가?"

청년은 이전까지는 볼 수 없었던, 환한 미소를 짓고 있었다.

"오오⋯. 마음이 한결 가벼워졌어요!"

그의 내면에서 해방감과 동시에 허탈함이 밀려온다.

'아, 이렇게 쉬운 일이었다니⋯. 난 이때까지 무얼 한 것이란 말인가.'

나도 이 이야기 속 청년과 같았다. 두려움에 매번 압도되어 상황을 피하려고 전전긍긍했다. 두려움은 마음속에 박힌 가시와도 같다. 가시가 박혔다면 마음을 살펴보고 두려움이라는 가시를 빼내는 것이 근본적인 해결책이다. 하지만 나는 그 가시를 건드리지 않기 위해 피해 다니기만 했던 것이다. 그런 행동이 삶을 더 괴롭고 비참하게 만들었다. 나는 두려움을 느끼기 싫어서 안전한 곳으로 피해 다녔다. 아주 작은 울타리를 쳐놓고 그 안에서 미지의 세상을 두려워하며 살았다. 울타리 밖 세상은 새로운 기회가 넘쳐나는 곳이었지만, 두려움이란 녀석은 내가 그 근처에 가기만 해도 발목을 붙잡았다. 덕분에 무려 30년이라는 시간을 익숙한 것, 위험하지 않은 것만 하면서 살았다.

'나는 왜 이리 겁이 많을까?'

문득 이런 생각이 들때면 나 자신이 나약하고 한심하게 느껴졌다. 그때는 몰랐다. 두려움을 느끼는 건, 인간으로서 너무나 당연하다는 사실을. 우리는 진화를 거친 존재다. 그렇기에 인간은 과거의 산물들을 아직도 가지고 있다. 파충류의 뇌, 포유류의 뇌를 우리도 지니고 있는 것이다. '생존'이 최우선인 원시 동물의 뇌는 '이성'을 담당하는 인간의 뇌보다 훨씬 막강하다. 하지만 그렇다고 해서 평생 두려움에 떨며 살 수는 없는 노릇이다. 두려움은 생존에 도움을 주었지만, 이제는 맹수가 날뛰는 그리 험한 세상이 아니기에.

그렇게 두려움에 맞서 싸웠다. 하지만 두려움을 극복하기 위한 내 노력은 아무런 소용이 없었다. 오히려 전보다 더 불안해졌고, 극심한 공포에 휩싸였다. 굳이 두려움과 싸워야 하나? 나는 약간 체념한 듯 두렵다는 사실을 받아들이기로 했다.
'그래, 나 지금 두려워. 어쩌겠어? 내가 지금 그렇게 느끼는걸.'

그러자 웬걸, 마음이 편해지기 시작했다. 당황스러웠다. 뭐지? 분명 아까 전까지 엄청 불안했는데? 그때 알았다. 마음속 가시를 빼낸다는 건, 사실을 인정하고 직면하는 것이라는 사실을. 가시가 박혔으면 그 사실을 인정하고, 가시가 박힌 부위를 살펴보고 빼내야 한다. 그런데 대체로 우리는 반대로 하도록 교육받았다. 엄청난 두려움에 떨고 있으면서도, "아니야! 나는 두렵지 않아!" 하며 마인드 컨트롤을 한다. 이것은 가시가 박혔다는 사실을 부정하고, "나는 가시가 박히지 않았어!" 하며 그대로 두는 것과 같다. 〈상처받지 않는 영혼〉의 저자 마이클 싱어는 말한다.

"사람들은 두려움을 객관적으로 대하지 않기 때문에 제대로 이해하지 못한다. 그들은 결국 두려움을 그대로 지닌 채, 그것을 건드릴 일만 생기지 않게 하려고 애쓴다. 그들은 삶이 어떠어떠해야 문제가 없을지를 정의해 놓고, 매사를 통제함으로써 안전을 확보하려고 발버둥치면서 살아간다. … 내면의 두려움, 불안, 혹은 약한 곳이 건드려지지 않게 하려고 노심초사한다면, 당신의 그런 노력을 위협하는 사건은 살다 보면 다반사로 일어나게 마련이다."

우리는 보통 두려움과 같은 부정적인 감정을 느낀다는 사실을 인정하지 않으려 애쓴다. 그 사실을 받아들이면, 진짜로 부정적 감정에 휩싸이게 될까 봐. 돌이킬 수 없을까 봐. 하지만 그 반대다. 사실을 받아들이고 직면할수록 감정으로부터 자유로워진다. 두려움은 피하려 해도 피할 수 없으며, 이기려 해도 이길 수 없다. 감정에 저항할수록 더 감정적인 사람이 되고, 삶이 점점 더 힘겨워질 뿐이다. 인생의 매 순간순간이 불안하고 힘겹다면, 지금이라도 두려움을 직면하고 놓아 보내자.

고독, 불행한 삶의 탈출구

'이렇게 사는 게 맞는 걸까….'

정신없는 출근길, 쉴 틈 없는 업무. 퇴근할 때면 완전히 녹초가 되었다. 방문을 겨우 열고선 침대에 털썩 드러누웠다. 그 순간 정적이 흘렀다. 조용히 천장을 바라보다 이유 모를 눈물을 터뜨리고 말았다. 나는 분명 눈물이 없는 사람이었는데. 그날은 하늘이 떠나갈 듯이 엉엉 울다 잠에 들었다. 아무런 소리도 들리지 않을 때, 혼자서 멍하니 있을 때. 답이 없는 내 인생이 자꾸만 스쳐 지나갔다. 친구와 연락하고, 게임을 하고, 술을 먹으며 주의를 딴 곳으로 돌렸다. 그런 괴로움을 느끼기 싫어서.

도피였다. 처참한 인생으로부터의 도피. 현실을 마주할

때마다 너무 괴로웠다. 자존감은 바닥이었다. 환경, 외모, 능력. 모든 것들이 마음에 들지 않았다. 나는 나를 사랑하지 않았다. 아니, 사랑할 수 없었다. 내 스스로를 못마땅하게 여기고 있었기에, 다른 사람들도 나를 그렇게 여기겠지. 이런 상태에서 사람들을 마주하는 일은 꽤나 힘겨운 일이었다. 시간이 갈수록 나는 점점 더 고립되어 갔다. 방구석에 틀어박힌 채, 드라마를 보고 게임을 하는 것만이 내 유일한 낙이었다. 하지만 그런 것들도 괴로움을 완전히 해결해 주진 못했다. 잠을 자려 할 때마다, 가슴 속에 켜켜이 쌓여있던 괴로움들이 커다란 파도가 되어 나를 덮쳐왔다.

그렇게 불만족스러운 삶을 이어가던 중, 방 한편에 나뒹굴던 책 하나가 눈에 띄었다. 평생을 책하고는 담을 쌓아놓고 지내온 나인데, 이상하게 자꾸만 눈길이 갔다. '게임도 이젠 질리는데, 책이나 볼까?' 나는 그 책에서 중요한 메시지를 얻었다. "좋은 습관 하나를 들이면, 인생이 크게 달라진다." 독서하는 습관을 들여야겠다는 생각이 들었다. 하지만 뒤이어 드는 생각은 이랬다.

'일하기도 바쁜데 책 읽을 시간이 어딨어?'

하지만 그날은 갑자기 이런 내 생각이 핑계처럼 느껴졌다.

'출근 전에 딱 10분만 투자해 보자. 솔직히 그 정도는 낼 수 있잖아?'

10분. 아무것도 아닌 듯 보여도, 오롯이 나에게 집중할 수 있는 귀한 시간이었다. 며칠이 지나자 10분이 너무 짧게 느껴졌다. 나는 더 일찍 일어나기로 결심했다. 10분이 30분이 되었고, 나중에는 1시간, 1시간 30분이 되었다. 누가 시켜서가 아닌, 온전히 자발적으로 일어난 일이었다.

독서는 마치 인생 선배와의 대화 같았다. 책을 읽기 시작하면서, 도저히 개선의 여지가 보이지 않던 내 삶이 변화하기 시작했다. 책을 읽으며 지난날을 돌아보고, 자아를 성찰하면서 깨달았다. 자존감이 낮은 채로 불행하게 살 수밖에 없었던 이유를 말이다. 나는 스스로에 대해 잘 알지 못했고, 알려고 하지도 않았다. 나 자신을 잘 안다고 착각하면서 살았기에. 뭔가를 시도할 때마다 항상 이런 말을 입 밖으로 내뱉었다.

"어쩔 수 없어, 애초에 난 잘하는 게 없는 사람이니까."

사실 이런 말의 근거는 과거에 남들이 내게 했던 말들이었다.

"왜 너는 뭐 하나 똑바로 하는 게 없냐?"

남들이 내게 내리는 평가를 근거 삼아 나 자신을 정의했다. 하지만 남의 말이 어떻게 근거가 될 수 있을까? 사람들은 자신의 기준으로 남을 평가한다. 극히 일부분만 보고선, "일머리가 없는 사람이다.", "이기적인 사람이다."라고 말한다. 그것은 절대적 사실이 아니다. 한 사람의 주관이 개입된 의견일 뿐.

'나는 잘하는 게 없는 사람'이라는 믿음은 거짓이었다는 걸 이제는 안다. 잘하는 게 없는데 어떻게 환자들을 치료하고, 건강하고 멋진 몸을 만들고, 책을 쓸 수 있단 말인가? 열등감에서 완전히 벗어나게 된 것도, 여러 성과를 이루게 된 것도, 혼자만의 시간을 통해 나 자신을 탐구한 덕분이었다. 어쩌면 갑작스러운 내 눈물은, 제발 너 자신을 들여다보라는 영혼의 메시지가 아니었을까.

우리는 자기 자신을 잘 알지도 못한 채로, 자기 모습을 못마땅해하곤 한다. 잠시 멈춰 스스로를 돌아보면, 모르는 것투성이라는 사실에 놀랄 것이다. 내가 무슨 일을 좋아하는지, 어떤 강점을 가졌는지, 보완해야 할 점은 무엇인지, 어떤 삶을 살고 싶은지, 살면서 중요시하는 가치는 무엇인지. 이런 질문에 곧바로 답할 수 있는 사람이 얼마나 될까? 어떻게 보면 당연한 결과다. 우리는 이런 것들을 생각해 볼 틈을 자신에게 주지 않았기 때문이다. 먹고살기 바쁘다는 이유로.

철학자 쇼펜하우어는 "인간은 혼자 있을 때만 자유롭고 온전히 자기 자신일 수 있기에, '고독'을 사랑하지 않는 자는 '자유'도 사랑하지 않는 자"라고 말했다. 고독은 그저 외롭고 쓸쓸하기만 한 게 아니다. 사회로부터, 남들로부터 잠시 떨어져 '나'에게로 시선을 돌리는 것. 그렇게 함으로써 나 자신을 이해하고 사랑하게 되는 것. 이것이 고독의 힘이다. 하지만 아직도 많은 사람들이 혼자 있는 시간을 견디지 못한다. 아주 잠깐의 정적마저도. 그래서 집에 오자마자 강박적으로 TV를 켜거나, SNS를 들여다보며 시간을 때운다. 그렇게 매번 고독의 순간을 회피한다면, 인생은 목적지 없이 열심히 달리기만 하는, 의미없는 경쟁이 된다. 어쩌면 고독은 필수적일지도 모른다. 자유를 원한다면, 진정한 나로 살길 원한다면 말이다.

삶이 불행하다고 느껴질 때, 잠시 멈추어 설 줄 알아야 한다. 왜 불행하게 느끼는지, 이 길이 정녕 내가 가려던 길이 맞는지 고민해 봐야 한다. 현실도피를 한다고 해서 달라지는 건 없다. 시간이 갈수록 더 괴로워지기만 할 뿐. 사실 처음에만 힘들지, 혼자만의 시간을 자꾸 갖다 보면 그 시간이 자꾸 기다려진다. 오늘은 또 나의 어떤 면을 알게 될지, 어떤 부분이 좋아질 수 있을지 궁금해하면서 말이다. 우리는 혼자만의 시간을 가지면서 자기 자신을 알아갈 수 있어야 한다. 그것이 불행한 삶에서 벗어나, 나다운 삶으로 가는 시작점이다.

무대공포증. 이젠 안녕

무대공포증이 생겨버렸다. 내 기억으로는 8살 때쯤이었다. 돌아가면서 발표하는 시간이 있었고, 내 차례가 다가왔다.

"저는…."

순간 정적이 흘렀다. 모두의 숨소리, 째깍째깍하는 시계 소리만이 교실 안을 가득 채웠다. 10초. 15초. 30초가 지났지만, 다음 말을 떼지 못했다. '뭐라 말하려 했지…?' 분명 준비했는데도 불구하고, 머리는 새하얀 백지가 되어버렸다. 고장 난 기계처럼 안절부절못하는 나를 보며 선생님은 말했다.

"안되겠다…! 넘어가자. 다음!"

결국 나는 단 한마디도 하지 못했다. 부끄러웠다. 정말 잘 해내고 싶었는데. 아이들은 홍당무처럼 새빨개진 내 얼굴을 보곤 깔깔 웃음을 터뜨렸다. 마냥 기분 좋은 웃음은 아니었다. 적어도 내 느낌으로는 약간의 비웃음 같았다. 그날의 발표는 끔찍한 트라우마로 남았다.

시간이 흐르면 괜찮아지겠지. 아니, 하나도 괜찮아지지 않았다. 나이를 먹어갈수록 오히려 공포심은 커졌다. 누군가가 나를 쳐다보기만 해도 움츠러들었다. 사실 상대방은 자기 눈앞에 있으니까 그런 것뿐인데, 나는 머릿속으로 온갖 시나리오를 쓰고 있었다.

'왜 날 쳐다보는 거지? 내가 이상해 보이는 걸까?'

한 명의 시선에도 이리 민감하게 반응하는데, 많은 시선이 집중되는 무대에선 오죽할까. 무대에 선다는 생각만으로도, 소름이 돋았다. 그렇게 사람들 앞에 나서는 걸 필사적으로 피해 다녔다. 그런 내 노력에도 불구하고, 완전한 회피란 불가능한 일이었다. 대학교에선 과제 발표를 하지 않으면, 졸업을 할 수 없었다. 절망적이었다. 올 것이 오고 말았구나.

나는 몇 날 며칠 동안 준비를 철저히 했다. 그때처럼 한마디도 못한 채 내려오는 일은 없으리라! 그렇게 또다시 내 차례가 다가왔고, 앞으로 걸어 나갔다. 모든 이의 시선이 내게 집중되었다. 교수님 그리고 대학 동기들까지. 순간 트라우마였던 그날의 기억이 머릿속을 스쳤다. 몰려오는 엄청난 두려움. 앞이 흐릿하게 보였다. 머릿속은 새하얗게 물들었다. 열심히 준비했던 내용은 다 어디로 가버린 걸까. 몽땅 잃어버렸다. 자신감을. 그런 내 상황을 보여주기라도 하듯, 목소리는 갈수록 작아졌다.

"잘 안 들려요!"

애써 목소리를 높여보았지만, 내 심신은 이미 공포에 잠식된 이후였다. 나는 말을 버벅댔고 대충 얼버무리며 발표를 마무리했다. 고작 5분이었지만, 1시간처럼 느껴졌다. 2번째 발표도 역시나 보기 좋게 망해버렸다. 그때 나는 속으로 생각했다.

'역시 나는 말을 잘못해. 애초에 무대 체질이 아닌 거야.'

대학을 졸업하며 굳게 다짐했다. 이제는 절대, 절대로 무대에 서지 않을 거라고. 그 후로 몇 년이 지났지만, 남들 앞에서 발표할 일은 없었다. 그것만으로도 마음이 정말 편안했다. 그러나 직장생활을 하면서, 내 굳은 결심은 와르르 무너지고 말았다. 매달 발표를 해야 했던 것이다. 소식을 들은 나는 입사 동기에게 하소연했다.

"이걸 우리가 왜 해야 해? 대체 왜!"

내 마지막 발악이었다. 발표 따윈 절대로 하지 않겠다고 결심했는데, 이젠 매달 해야 한다니. 정말이지 끔찍했다. 나는 어쩔 수 없이 마이크를 손에 다시 쥐었다. 대략 50명의 선임들이 지켜보고 있었다. 심장이 또 빠르게 뛰기 시작했고, 호흡이 가빠졌다. 몸과 마음은 초긴장 상태였다.

'후…. 제발 이번엔 잘해야 하는데!'

깊은 한숨을 내쉬고선 발표를 시작했다. 떨리는 목소리와 함께 다리까지 후들거리기 시작했다. 결과는 보나마나 뻔했다. 처참했다. 이런 내 모습이 정말 싫었다. 앞으로도 이런 상황을 계속 겪을 생각을 하니 현기증이 났다.

결정을 내려야 했다. 발표할 때마다 고통받을 것인지,

아니면 발표 능력을 개선할 것인지 말이다. 나는 능력을 개선하기로 결심했다. '떨지 않고 자신 있게 말하는 법', '스피치 잘하는 법'을 찾아 공부했다. 여러 방법론을 익히자, 전보다 잘 해낼 수 있을 듯한 기분이 들었다. 그 후 몇 번을 더 도전했으나 결국 주저앉고 말았다. 그런 방법들은 무대에 서는 순간, 무용지물이었다. 공포심에 휩싸여 아무것도 할 수 없었기에. 나는 깊은 고뇌에 빠졌다.

'도대체 뭐가 문제일까?'

그때 깨달았다. 이건 단순히 스피치 능력의 문제가 아니라는 걸. 나는 내가 결점투성이라고 여기고 있었고, 남들도 나와 똑같이 생각할 거라고 믿었다. 타인에게 내 결점들을 들킬까 봐 두려웠던 것이다.

단점만 있는 사람은 없듯이, 나에게도 장점이 있었다. 결점에만 집중하느라 못 보고 있었을 뿐. 분명 장점이 있는데, 왜 부족한 점만 붙든 채 두려워했던 걸까? 그날을 계기로 자아상이 바뀌기 시작했다. 남들의 시선에서 조금씩 해방되고 있었다. 내 생각과 의견을 표현하는 것도 점점 더 나아졌다. 나를 바보로 만들어 버렸던 공포를 계속 직면하려 했다. 무대를 피하기만 했던 내가, 이제는 무대를 만들거나 찾아다녔다. 소규모 강의를 시작으로, 나중에는 더 많은 사람을 대상으로 교육을 진행했다. 여전히 떨리지만, 진행하는 데에는 전혀 문제가 없었다. 그렇게 나는 공포로부터 점점 자유로워졌다.

이제는 안다. 많은 사람 앞에 서는 건, 누구에게나 긴장되는 일이라는 걸. 떨린다고 해서 이상한 게 아니라는 걸. 나는 여전히 사람들 앞에 서면, 심장이 두근대고 잘할 수 있을지 걱정이 되곤 한다. 전보다 나아진 건 사실이지만, 무대가 내 집처럼 편하진 않다. 그럼에도 나는 기회가 올 때마다 용기 내 도전할 것이다. 두려운 상황을 피하지 않고 마주할수록, 우리는 점점 더 공포에서 해방될 수 있으니까.

2부

서른이 되어서야 어른이 되었다

걸음을 멈춘 서른, 인생을 돌아보다

어떻게 살아야 잘 사는 걸까? 이 의문은 쉽게 풀리지 않는다. 남 못지않게 열심히 한 거 같은데, 왜 삶은 달라질 기미가 보이지 않는 건지. 어떤 길로 가야 하는 건지 누군가 해답을 주었으면 좋겠다고 생각했다. "거기 자네는 여기로 가고, 너는 우리를 따라오면 돼." 얼마나 편한 일인가. 그냥 아무 생각 없이 그 사람을 따라가기만 하면 된다니!

탄생. 어떤 존재이든지 간에 세상 밖으로 나온다는 건 경이롭다. 어린아이에게 잘 사는 것이란 무엇일까? 어떤 부모든지 건강하게 잘 자라는 걸 1순위로 꼽을 것이다. 스스로 몸을 뒤집고, 기어다니고, 스스로 앉고, 일어서고 넘어지기를 반복하고, 아장아장 걷다가 수없이 넘어진다.

그럼에도 다시 일어나 걷는다. 특별한 누군가의 이야기가 아니다. 이 글을 쓰는 나, 그리고 지금 이 글을 읽는 당신의 어릴 적 모습이었다. 어린 시절의 우리에게 포기란 존재하지 않았다. 누가 시키지 않아도, 끊임없이 도전하고 경험해 나갔다. 삶은 끊임없는 성장의 과정이었다.

하지만 나이를 먹어감에 따라 우리에게 요구하는 게 점점 많아졌다. 주변 어른들은 각자 갖고 있는 가치관을 들이밀었다.

"삶이란 그런 거란다. 너도 어른이 되면 알게 될 거야."
"어른들이 그렇다 하면, 그런 이유가 있는 거야."
"네가 어려서 그래, 넌 아직 세상 물정을 몰라."
"다른 애들은 안 그러는데, 너는 왜 그러는 거니?"
"그런 건 인생에서 중요치 않아."

그때 당시 나는 어른들이 삶의 진리를 깨우친 현자들이라고 생각했다. 수없이 쏟아지는 조언과 충고들은 나를 수동적으로 만들어버렸다. 그들의 가르침대로 학교에 다니며 시험점수를 잘 받기 위해서 노력했다. 좋은 대학만을 바라보며, 고통과 싸웠다. 수능이 끝나고 이제는 행복한 나날만이 펼쳐질 줄 알았다. "고통 끝! 행복 시작!"

하지만 진정한 고통은 이제부터 시작이었다. 그토록 바라던 대학에 가서는, 좋은 직장을 얻기 위해 분투해야 했으니까.

그렇게 하기 싫은 공부를 수년간하고, 직장생활을 시작했다. 하지만 삶은 여전히 온갖 스트레스와 회의감으로 가득 차 있었다. 그들만 믿고서 제시해 준 길을 따라왔는데 말이다.

'하라는 대로 했는데, 왜 끝도 없이 불행하기만 한 걸까?'

'나는 무엇을 위해 여기까지 왔는가?'

이십 대에도 길을 잃고, 서른이 된 순간에도 길을 잃었다.

'내가 잘살고 있는 게 맞는 걸까?'

이상함을 감지한 건 2022년의 어느 봄날이었다. 인생의 진리를 다 아는 듯 말했던 그들은, 왜 근심과 걱정이 가득한 얼굴을 하고 있는 걸까? 조금의 행복도 보이지 않았다. 지나간 젊은 시절에 대한 후회와, 앞날에 대한 걱정이 가득한 삶을 살고 있었다. 그들은 현자가 아니었다! 어릴 적 들었던 말들은 진리가 아니라, 하나의 생각에 불과했던 것이다. 앞으로도 남들이 하라는 대로 계속 산다면, 그들처럼 후회와 근심만 가득한 인생을 살 게 분명했다. 이건 내가 원했던 삶이 아니었다.

나는 어린 시절의 주도적이었던 모습을 다시금 떠올렸다. 더 나은 자신을 마주하기 위해 넘어지기를 두려워하지 않던 용기, 새로운 걸 배우고 경험하고자 하는 호기심. 그때가 진정한 나로 살았던 거 같다. 끊임없이 배우고 성장하는 삶. 그것이 내가 추구하는 가치다. 나이가 몇이든 관계없이, 하고 싶은 일에 뛰어드는 건 의미 있는 일이다. 대부분의 사람이 하고 안하고는 중요치 않다. 많은 이들이 간다고 해서, 그게 옳은 길은 아니다. 설령 단 한 명도 가지 않는다 해도 이상하고 잘못된 게 아니다. 우리는 각자 삶의 의미를 추구하며 산다. 남들이 가지 않는 길은 분명 불편하고 불안하다. 그럼에도 그 길이 자신이 추구하는 삶의 의미와 결이 맞는다면, 그게 자신에게 옳은 길이지 않을까? 시도하지 않고 후회할 바에, 시도하고 후회하는 게 낫다. 시간이 흘러서 뒤를 돌아보면 하지 않은 일에 대한 후회만 남는다고 하지 않는가.

'그때 도전했다면 삶이 달라졌을텐데…'

헤르만 헤세의 역작 〈데미안〉에는 이런 대사가 나온다. "자신을 타인과 비교하지 말게. 자연이 자네를 박쥐로 만들었다면 스스로 타조가 되려고 해선 안 돼. 자넨 이따금 자신을 괴짜라 여기고, 대부분의 사람과는 다른 길을 간다고 스스로를 비난하지. 그런 짓은 말아야 해."

헤르만 헤세는 그 누구와도 비교하지 말고 자신의 길을 가라는 메시지를 전한다. 우리 모두 각자 개성이 있는데도 불구하고, 사회는 인간이 마치 똑같은 사상을 가진 존재처럼 획일화시킨다. 지금의 사회상은 마치 원숭이와 물고기, 새, 말에게 나무를 타는 게 옳은 일이라며 나무 타기만 시키는 일과 다를 바가 없다. 나무를 잘 타는 원숭이를 치켜세우며, 원숭이가 하는 대로 따라 하라고 한다. 하지만 생각해 보자. 물고기는 헤엄을, 새는 비행을, 말은 달리기를 하는 것이 각자에게 더 걸맞은 삶이 아닐까?

우리는 자신의 고유함을 지키며 살아가야 한다. 자신이 걸어온 길을 돌아보자. 앞으로 나아가야 할 길도 살펴보자. 지금, 이 순간 행복한 느낌이 드는가? 아니면 불행한 느낌이 드는가? 내가 중요시하는 삶의 가치는 무엇인지, 어떤 삶을 살고 싶은지 생각해 보자. 인생에 정답은 없다. 그 답은 오직 자신이 정하는 것이다. 가족 또는 연인과 시간을 보내는 게 제일 중요하다고 생각한다면, 그런 가치를 추구하며 살면 된다. 돈을 많이 벌지 않아도 좋아하는 일을 하며 삶을 채워나가는 게 행복하다면, 그렇게 살면 된다. 그게 올바른 길이고, 잘 사는 것이다. 그 누구도 인생은 이렇게 저렇게 살아야 한다고 강요할 수 없다. 그건 그의 인생에 걸맞은 옷일 뿐, 내 인생엔 맞지 않는 옷일 확률이 매우 높다. 또한, 인생에 빠름과 늦음이란 존재하지 않는다. 애초에 각기 다른 길을 가는데, 남들과 비교하며 늦었다고 생각할 필요가 있을까? 나이가 몇이든 늦음이란 없다. 그저 나 자신만의 길을 찾아 걸어가면 된다.

서툴지만 삶의 의미는 묻고 싶어

나는 모든 걸 열심히 하는 사람이었다. 아니, 정확히
말해 열심히만 하는 사람이었다. 열심히 산다고 삶이 나
아지지도 않는데 말이다. 여느 때와 다름없이 침대에 누
워 휴대폰을 집어 들었다. 그날따라 내 시선은 화면 속
한 문장에 꽂혔다.

"당신에게 있어 인생의 의미는 무엇인가요?"

평소라면 그냥 지나쳤을 질문인데, 그날은 달랐다. '나
왜 이 질문에 대답을 못해?' 순간 땅- 하고 머리를 맞은
느낌이었다. 30년을 살면서 단 한 번도 생각해 본 적이
없었다. 왜? 어째서 그런 걸까? 그날을 계기로 나는 스스
로 질문을 던졌다.

'나에게 있어 인생이란 무엇일까?'

이런 질문은 어떻게 보면 딱딱하기 그지없는 철학적인 질문 같다. 나 역시 이런 질문에 답하는 건 별 도움이 되지 않는다고 생각했다. 먹고 사는 것만으로도 너무 바쁜데, 철학을 논하고 싶진 않았다. 하지만 인생의 의미를 생각해 보는 건, 그 어떤 것들보다 중요한 일이다. 어째서 나는 인간이라는 존재로 살아가고 있는데도 불구하고, '나는 누구인지', '인생이란 무엇인지' 고민해 볼 생각조차 못 했던 걸까? 한 '인간'으로서 '인생'을 사는데, 그 의미를 모른다는 건 참으로 이상하지 않은가?

그런 이유로 수많은 위인들은 삶과 죽음에 대해서 고뇌했던 것이 아닐까? 아들러는 '삶이란 끊임없이 도전을 만나는 일'이라 말했고, 공자는 '수많은 가능성이 끊임없이 펼쳐지는 것이 인생'이라 말했다. 장자는 '인생은 잘 놀다 가는 것'이라 말했고, 쇼펜하우어는 '삶은 고통이다'라고 말했으며, 니체는 '인생의 의미는 스스로 만드는 것'이라 말했다. 그들은 각기 인생의 의미를 정의하고 추구했다. 이 중 누구의 말이 맞다고 할 수 있을까? 정답은 없다. 아니, 사실 모든 게 정답일지도. 그저 각자가 믿는 대로 살아가면 된다.

나 또한 며칠의 고민 끝에 인생의 정의를 내릴 수 있었다.

'인간이 세상에 태어난 분명한 이유는 없다. 하지만 태어났기에 주어진 인생을 의미 있게 살아야 한다.'

그렇다면 내게 의미 있는 삶이란 무엇인가? 처음에는 이와 같았다.

'한 분야의 최고가 되어 많은 사람의 인정을 받고 부유해지는 것'

하지만 시간이 지날수록 이게 무슨 의미가 있나 싶었다. 최고가 되어 인정받고, 돈을 많이 벌면 그걸로 끝인가? 정말 그렇게 된다면 죽음 앞에 서도 후회하지 않을까? 돈과 명예와 같은 물질적인 건 '죽음'이라는 자연적인 현상 앞에선 덧없는 것이었다. 모든 인간은 결국엔 죽는다. 피하고 발버둥 쳐도 절대 변하지 않는 사실이다. 그러니 최고가 되고, 부를 축적한들 이게 다 무슨 의미일까? 고민의 시간 끝에 인생의 의미를 다시 재정의할 수 있었다.

'다양한 경험을 하며 사는 삶'

"왜 다양한 경험을 하며 살고 싶은데?"

나중에 삶을 돌아보았을 때, 기억에 남는 건 경험뿐이니까. 우리는 경험을 통해서 깨달음을 얻고, 한 단계 더 성장할 수 있으니까. 인생의 의미를 정하고 나니, 성공도 정의할 수 있었다.

'다양한 경험을 통해 가진 능력을 모두 펼치고, 자유롭고 주체적으로 사는 삶'

인생과 성공을 정의한 덕분에, 그저 바쁘게만 살던 인생에서 벗어나게 되었다. 이전까진 항상 안전을 추구했었다. 그런 내게 낯설고 불확실한 상황은 기피 대상 1호였다. 도전은 항상 불확실성과 불안함을 동반한다. 그럼에도 나는 도전을 즐길 수 있게 되었다. 다양한 경험을 하고 성장하는 것이 내 인생 목표니까. 그렇게 내 삶은 즐거운 것으로 변해갔다. 이처럼 인생의 의미에 대한 고찰은 살아갈 힘을 만들어 준다.

하지만 많은 사람들이 바쁘다는 이유로 인생에 대해 진지하게 생각해 보지 않는다. 실용적이지 않다면서 말이다. 삶의 의미를 찾는다면, 아무리 힘겨워도 살아갈 이유가 생긴다. 이만큼 실용적인 질문이 또 있을까? 인생을 살고 있으면서 그것에 대해 한 번도 생각해 보지 않는다는 건, 참으로 아이러니한 일이다. 우리는 인생, 성공과 같은 단어를 무수히 사용하면서도, 그게 정확히 무엇인지 알지 못한다. 성공하고 싶다고 하면서, 성공이 무엇이냐는 질문엔 기껏해야 이런 대답뿐이다.

"글쎄요…. 10억을 벌면 성공이겠죠?"

"유명해지면 성공 아닐까요?"

어떤 이는 사회가 정해놓은 기준을 따르기도 한다. 맹목적으로 쫓아가다가 떨어져 나가는 이들은 얼마나 넘쳐나며, 그 기준에 도달했음에도 허탈감에 빠지는 사람은 또 얼마나 많던가. 남이 정해놓은 틀을 따르는 건, 내 인생의 선택권을 타인에게 넘겨준 것이나 마찬가지다. 그 끝엔 허무함만이 남는다. 로마의 황제이자 철학자인 마르쿠스 아우렐리우스는 말했다.

"마치 수천 년을 살 것처럼 살아가지 말라. 와야 할 것이 이미 너를 향해 오고 있다."

인생은 유한하다. 한정된 시간이 주어졌기에, 삶을 의미 있는 하루들로 채워나가야 한다. 많은 이들이 삶에 대한 고찰을 회피한다. 마치 평생을 살 것처럼. 하지만 아

무리 피해 다녀도 시계는 멈추지 않는다. 지금 이 순간에
도 우리에게 남아있는 시간은 줄어들고 있다. 인간이라
면 누구나 죽음에 다다르게 된다. 그러니 남 보기에 열심
히 살고, 잘 산다 한들 그게 뭐가 중요하단 말인가? 죽음
앞에서 후회스럽고 불만족스럽다면, 남들의 인정이 무슨
의미가 있을까. 남들이 규정하는 성공을 좇는 건 불행해
지는 길이다. 그것은 나를 위한 삶이 아닌, 남을 위한 삶
일 뿐이다. 그러니 우리는 지금 당장 물어야 한다.

'나에게 의미 있는 삶이란 무엇일까?'
'내가 생각하는 성공이란 뭘까?'

현재에 살지만, 과거에 삽니다

"당신은 지금 어디에 살고 있습니까? 과거입니까? 현재입니까? 미래입니까?"

우연히 이 한 대목을 본 적이 있었다.

"이게 무슨 소리야? 당연히 현재지."

뒤에 이어지는 글은 이런 반응을 예상했다는 듯이 말했다.

"근데 왜 한낱 과거의 일을 계속 생각하며 힘들어하시나요?"

정신이 번쩍 들었다. 맞는 말이었다. 육체는 현재에 살고 있었지만, 정신은 온갖 과거의 일에만 팔려있었다. 현재에 산다고 생각하지만, 실은 과거에 살고 있었던 것이다. 어제는 왜 그렇게 답답하고 바보처럼 굴었냐며 자괴감에 빠졌다. 연애할 때는 왜 그리 내 입장만 주장했었는지 모르겠다며 후회했고, 친구에겐 왜 그런 말실수를 했냐며 괴로워했다. 과거의 일들에 사로잡혀, 마치 그게 전부인 양 살았다. 과거의 행동들이 모여 나라는 사람을 보여준다고 믿었다. 실수했던 상황을 다시 곱씹으며 자책하는 일이 내 인생 대부분을 차지했다. 왜 굳이 자책했을까? 사실 그럴 필요도 없이 앞으로 다르게 행동하겠다고 결심하면 끝날 일인데 말이다.

사람들은 현재에 온전히 집중하며 살기를 어려워한다. 지나간 일에 정신이 팔려 있거나, 머나먼 미래만 바라보며 산다. 과거에 저지른 일, 실수, 성과들을 곱씹으며 괴로워하기도 하고, 때론 기뻐하기도 한다. 지나가 버린 젊은 시절을 추억하며 그때가 좋았다고 생각한다. 현재 상황이 마음에 들지 않아, 내가 왕년엔 잘 나갔다며 으스대는 사람도 있다. 생각해 보면 과거의 일들은 모두 머릿속에서만 존재한다. 과거의 일을 지금 순간으로 다시 불러올 순 없다. 과거에 신경 쓴다고 일어난 일을 바꿀 수 있는가? 과거에 얽매이는 건 삶에서 제일 불필요한 태도이다. 우리가 과거에서 얻을 수 있는 유일한 건, 반성일 뿐이다.

　미래를 바라보며 사는 태도는 비교적 낫다. 미래지향적인 태도는 좋은 거라는 인식이 널리 퍼져있다. 하지만 경계해야 할 부분은 항상 미래만을 생각하여 사는 태도다. 앞날만 생각하며 지금 이 순간을 즐기지 못하기 때문이다. 지금만 견디고 희생하면, 훗날엔 행복할거라고 생각하는 사람이 있다. 그에겐 지금이라는 시간은 훗날을 위해 희생되어야 하는 시간일 뿐이다. 행복은 저 미래에 있다고 생각하기 때문에, 지금 당장은 불행하다. 더 최악인 건 그토록 바라던 미래가 온 순간에도 행복하지 못한다. 미래만 바라보며 살아온 탓에 현재를 즐길 줄 모르기 때문이다. 간절히 원했던 순간이 현재가 되면, 또 훗날을 기대한다. 지금보다 조금만 더 견디면 훗날엔 더 행복해질 거라고. 결국 평생을 불행하게 보낸다. 참으로 안타까운 인생이 아닌가. 이 이야기는 특별한 누군가의 이야기가 아니다. 주변을 둘러보면, 언제 어디에서든 쉽게 볼 수 있는 사례다. 에크하르트 톨레는 다음과 같이 말했다.

　"'지금'이 가장 소중한 이유는 무엇일까요? 우선, '지금'만이 유일하게 존재하는 시간이기 때문입니다. '지금'

이 인생이 펼쳐지는 공간이고, 변함없는 하나의 실재입니다. 삶은 지금 이 순간입니다. 당신의 인생이 지금 이 순간이 아니었던 적은 한 번도 없었으며, 앞으로도 그럴 것입니다."

우리가 과거라고 부르는 것은 지나간 지금 이 순간에 대한 기억일 뿐이다. 미래 또한 상상 속에서 존재하는 지금일 뿐이다. 과거와 미래는 그 자체로 실재하지 않는다. 현재에 집중하며 의미 있게 잘 보내면, 그 현재는 과거가 되고, 그 과거는 의미 있게 보낸 날이 된다. 미래가 현재로 다가왔을 때도 역시 현재에 집중하며 의미있게 잘 보내면, 그 순간도 결국 잘 보낸 것이다. 그러니 우리가 할 수 있는 단 하나의 행동은 무엇일까? 현재에 집중하며 이 순간을 의미 있게 보내는 것이다. 이것 외에는 달리 할 수 있는 행동이 없다. 미래는 곧 현재가 되고, 그 현재는 다시 과거가 된다. 이 사이클에 영향을 줄 수 있는 시기는 오직 지금 이 순간뿐이다. 앞날을 걱정해서 암만 대비를 잘해두었다 해도, 그 미래가 눈앞으로 다가왔을 때 현재 순간에 집중하지 못한다면, 모두 헛수고가 된다. 그렇게 헛되이 보낸 시간은, 불만족스러운 과거로 남는다. 미래, 현재, 과거 어느 하나 잘 해결된 게 없다. 과거와 미래에 집착하면 할수록, 제일 중요한 현재의 순간을 놓치게 된다. 이게 우리가 지금 수없이 저지르고 있는 실수다.

인간은 과거의 경험을 통해 배우고, 앞으로 일어날 미래의 일을 예측하고 대비하려는 경향이 있다. 뭐든 적당하면 좋지만, 이런 경향이 너무 지나친 나머지 과거에 빠져 살거나, 미래에 빠져 살게 되는 것이다. 붓다도 다음과 같은 가르침을 남겼다.

"과거란 이미 버려진 것이요. 미래란 아직 오지 않은 것이다. 그러므로 현재를 관찰하라. 흔들리지 말고 동하지도 말고 다만 오늘 할 일을 열심히 하라."

우리는 모든 과거를 뒤로 한 채, 앞으로 나아가야 한다. 또한 앞날을 걱정하며 시간을 보낼 게 아니라, 목적지를 정해두고 그곳을 향해 걸어가는 순간에 온전히 집중해야 한다. 가는 길에 마주치는 모든 광경을 만끽하면서 과정을 즐기는 것이다. 인생은 100M 달리기 시합이 아니기에. 결승점만 보며 전력 질주하는 일을 더 이상 하지 말자. 결승점에 빨리 도착했다는 짧은 성취감밖에 남지 않을 테니까. 현재에 집중하면서 걸음을 이어가다 보면, 과정 자체가 행복할 수 있으며 결국은 목표했던 곳에도 다다르게 된다. 과거와 미래에 집착하는 태도를 버린다면, 우리는 지금 당장에도 행복해질 수 있다.

그놈의 옳고 그름 따지다가 인생을 그르친다

"너 그거 틀렸어, 내 말이 맞아."
"무슨 소리야, 내 말이 맞는데?"

살면서 한 번쯤은 이런 논쟁을 해본 적이 있을 것이다. 나에게는 오랜 기간 축적되어 온 절대적인 믿음들이 있었다. '노력한다고 부자가 되진 않는다.', '하고 싶은 일을 하면 굶어 죽는다.'와 같은. 나는 이런 것들을 믿는 걸 넘어서 진실이라고 생각했다. 자수성가를 하겠다는 사람, 하고 싶은 일을 하겠다는 사람을 볼 때마다 맹렬히 비난했다. 너의 생각은 틀렸다고. 내 말이 옳다고 말이다.
"그게 어떻게 가능해? 부자는 아무나 되는 게 아니야."
"사람이 어떻게 하고 싶은 일만 하냐?"

나와 다른 생각을 하는 사람들이 답답했다. 그런 그들을 설득하기 위해 논쟁을 펼쳤다. 서로 자기의 의견만 주장하는, 절대 끝나지 않는 논쟁이었다. 내 생각이 틀렸다는 걸 인정하면, 패배자가 되기라도 했던 걸까? 패배했다는 느낌. 나는 그 느낌이 싫어서 절대로 의견을 굽히는 법이 없었다. 그러면서도 나 자신이 고집이 세다는 걸 인정하지 않았다. 사람들과 옳고 그름을 따지면서 얻은 거라곤, 단 하나도 없었다. 쓸데없는 에너지 낭비만 했을 뿐. 책을 읽어도 마찬가지였다. 내 마음은 이미 오래된 신념들로 가득 차 있었다. 저자의 메시지가 내 믿음에 반대되면, 받아들이지 못했다.

"이건 다 헛소리야. 이제까지 내가 배워온 바에 따르면 말도 안 되는 얘기야."

우리는 자신이 갖고 있는 믿음이 틀렸다는 걸, 인정하지 않으려 애쓴다. 어떻게 보면 당연한 걸지도 모른다. 인간은 새로운 정보가 기존에 갖고 있던 정보와 충돌하면, 틀렸다고 여기고 받아들이지 않기에. 결국 맨 처음 받아들인 정보들이 굳건한 믿음이 되고, 그 믿음은 자신의 자리를 필사적으로 지킨다. 나는 내 생각이 옳다고 고집하느라, 성장할 기회를 잃어버렸다. 1년. 아니, 5년이 지나도 늘 제자리에만 머물렀다. 뒤늦게 깨달았다. 아주 좁은 시야로 세상을 바라보며 판단하고 있었다는 걸.

그날을 계기로 더 이상 내 의견만 고집하지 않고, 다양한 의견을 수용하려고 노력했다. 내가 틀릴 수도 있다는 걸 알았기에. 그럼에도 여전히 절대적인 정답은 있다고 생각했다. 나는 성공한 사람들의 생각과 믿음이 곧 정답일 거라고 믿었다. 그래서 각 분야에서 성공한 이들의 책을 사서 읽기 시작했다. 나는 한 책을 읽고선 유레카를 외쳤다.

"그래! 이거였어!"

한껏 들뜬 나는 유명한 책들을 모조리 사들였다. 성공에 대한 절대적인 답을 찾고 싶었기에. 그렇게 100권의 책을 읽었다. 하지만 읽으면 읽을수록 더 혼란스러워졌다. 다양한 이들의 의견이 서로 충돌했기 때문이다. 그럴 때마다 자꾸만 방향을 잃었다. 어떤 이는 죽을 만큼 노력해야 성공한다고 말한다. 또 다른 이는 적절한 행동을 꾸준히 해 나가면 성공한다고 말한다. 어떤 이는 인생은 원래 고통스러우니 받아들이라 말하고, 또 다른 이는 고통에서 벗어나라고 말한다. 어떤 이는 타인을 위해 살아야 한다고 말하고, 또 다른 이는 자신을 위해 살아야 한다고 말한다. 어떤 이는 신은 자신 안에 있다고 말하고, 또 다른 이는 신 따윈 존재하지 않는다고 말한다. 어떤 이는 끌어당김의 법칙은 사실이라고 말하고, 또 다른 이는 그딴 건 가짜라고 말한다. 도대체 뭐가 맞는 말인가?

무엇이 잘못된 걸까? 그 누구의 이야기도 잘못되지 않았다. 단지 누군가로부터 정답을 찾으려는 행동이 문제였다. 개개인의 삶이 모두 다양하듯이, 방법과 마인드 역시 다양하다. 어느 누가 맞았고 틀렸다고 할 수 있을까? 그들이 경험으로 얻은 통찰을 우리에게 제시해 줬을 뿐이다. 임제 선사는 말했다.

"깨달음은 의지하지 않는 그 마음에서 비롯된다. 타인에게 배워 미혹되지 말고, 내면에서나 밖에서나 만나기만 하면 바로 죽여라. 부처를 만나면 부처를 죽이고 조사를 만나면 조사를 죽여라."

선불교에서 부처를 만나면 부처를 죽이라고 말하는 이유는 무엇일까? 표현이 조금 거칠긴 하지만, 살생의 의미가 아니다. 그저 스승이나 부처 같은 존재를 우상화하지 말라는 뜻이다. 누군가를 우상화하면, 그가 하는 모든 말을 맹신하고 의존하게 되기에. 누구의 말이 옳은지 찾으며 맹목적으로 따라 하는 것은 자신의 눈을 멀게 만든다. 그것은 스스로를 좁은 울타리 안에 가둬버리는 일이다.

살면서 우리가 취해야 할 태도는 무엇일까? 옳고 그름을 따지는 일일까? 그런 건 아무런 도움도 되지 않는다. 우리는 인간이기에 애초에 불완전한 존재고, 언제든지 틀릴 수 있다. 절대적인 정답을 찾을 필요가 없다. 어차피 정보와 지식은 세월을 겪으면서 뒤집힌다. 심지어 과학적인 사실들도 새로운 발견에 의해서 사실이 아니라고 밝혀지기도 한다. 그러니 어떤 한 가지 정답에만 얽매이는 건 의미가 없다. 삶의 모든 가르침과 지혜는 우리가 세상을 좀 더 편하고 수월하게 살아갈 수 있도록 해줄 뿐이기에. 수많은 정보가 쏟아져 나오는 지금, 그저 자신의 판단하에 도움이 되는 정보를 취하면 된다. 각자 들어맞는 옷이 있듯이, 삶의 지혜와 통찰 또한 자신에게 들어맞는 걸 선택해서 적용하면 된다. '이게 옳은 걸까? 틀린 걸까?'를 생각하지 말고, '이게 나에게 도움이 될까? 되지 않을까?'를 생각해야 한다. 그렇게 도움이 되는 것들

을 적용해 가며, 자신만의 정답을 만들어가는 것. 사실
그것이 진정한 옳음이다.

완벽, 도달할 수 없는 환상

인간이라면 누구나 자신의 부족한 면을 보이기 싫어한다. 그래서인지 우리의 삶은 실수하지 않는 것에 초점이 맞추어져 있다. 이런 노력에도 불구하고, 실수를 100% 완전히 방지하는 건 불가능하다. 우리는 정해진 프로그램을 따르는 기계가 아닌, 사람이니까. 과연 완벽이라는 건 달성 가능한 것일까? 아직도 많은 이들이 완벽주의라는 망상에 젖어 심신이 갈려 나가고 있다.

여기엔 나도 예외가 아니다. 웬만한 완벽주의자들은 저리 가라 할 정도로, 극도의 완벽을 추구하던 나였다. 아무리 사소한 것이라도 실수를 용납할 수 없었다. 불과 몇 년 전, 같이 일하는 병원의 치료사들을 대상으로 교육을 진행하게 되었다. 갑작스러운 제안에 당황스러웠다.

'내⋯. 내가 교육을 한다고?' 과연 내가 할 수 있을지 의문이 들었지만, 누군가를 가르친다는 건 설레는 일이었다.

"당장은 힘들고, 앞으로 한 달 뒤에 할게요."

오로지 교육만을 생각하며 살았다. 더 자세하고, 더 많은 걸 전달하기 위해 여러 책을 보면서 내용을 보충했다. 날짜가 코앞으로 다가오기 시작하자, 나는 엄청난 긴장감에 그야말로 압도되고 말았다. 한 달 내내 준비한 교육자료는 뭔가 부족해 보였다. 이미 충분한데도 스스로를 계속 채찍질했다. '이 정도론 부족해, 더 완벽해야 한다고!' 결국 완벽한 결과물을 위해 며칠째 밤을 지새울 수밖에 없었다.

대망의 그날이 다가왔다. 대략 20명이 넘는 사람들이 내 교육을 듣기 위해 대기하고 있었다. 내 머릿속은 온통 실수하면 안 된다는 생각뿐이었다. 우려한 대로 몇몇 실수를 했지만, 나름 매끄럽게 진행되었다. 동료들이 최대한 이해하기 쉽게 설명하려고 했다. 그럼에도 불구하고, 절반 정도의 사람만 이해한 듯 보였다. 완벽한 교육 자료를 만들겠다며 이것저것 때려 넣은 덕분이었다. 첫 교육치고는 꽤 괜찮은 결과를 얻었다. 교육을 들은 동료들도 잘했다고 칭찬해 주었다. 하지만 나는 만족할 수 없었다. 내 정신은 오직 실수한 부분에만 꽂혀 있었다. 80%는 잘 해냈고 20%가 아쉬웠던 상황이었는데 말이다. 나는 이처럼 스스로 이룬 성과에 대해선 조금도 칭찬해 주지 않는 사람이었다. 못한 것만 생각하며 자신을 비난할 뿐.

또한 실수하는 걸 용납할 수 없었기에, 리스크가 조금이라도 있는 일은 시도조차 하지 않았다. 나는 책을 읽다가 한 가지 질문을 마주했다. "이 중 당신이 인생에서 중요하게 생각하는 가치는 무엇입니까?" 거기엔 다양한 선택지들이 있었다. 건강, 자유, 성공, 명예, 인정, 가족, 사랑, 부, 성장, 배움, …. 그 수많은 가치 중에 내 눈길을 훔친 건, 다름 아닌 '안전'이었다. 안전한 일은 실수할 일이 거의 없기 때문에, 비교적 완벽하게 해낼 확률이 높다. 그렇게 완벽주의는 안전주의로 이어졌다. 늘 해오던 익숙한 일만 하면서, 새로운 일엔 도전하지 않았다. 기회는 리스크와 함께 오는 법이다. 그런데 나는 그 리스크를 감수하려 하지 않았기에 기회란 없었다. 내 완벽주의의 근원은 두려움에 있었다. 실수하면 웃음거리가 될까봐, 잘 해내지 못하면 인정받지 못할까 봐 하는 그런 마음. 타인의 평가가 두려워 자신에게 엄격하고 한없이 높은 기준과 잣대를 들이민 것이다.

그렇게 나는 계속 완벽함만을 좇았는데도, 완벽한 사람이 아닌 실수투성이가 되었다. 실수하지 않는 데에만 정신이 팔려서, 오히려 더 실수가 나오는 아이러니한 상황을 자주 겪었다. 운전을 처음 시작했을 때였다. 주행하다가 혹시나 차선 밖으로 나갈까 봐 걱정되었다. 나는 차선을 맞추는 데 집중했다. 그런 노력에도 불구하고, 주행하는 내내 차선 중앙을 맞출 수 없었다. 뒤에 있던 운전자는 그런 날 보며 아마 이렇게 생각했을 것이다.

"왜 이리 좌우로 왔다 갔다 하는 거야?"

나중에 알게 되었다. 바라보는 방향을 향해 차가 쏠리기 때문에 차선이 아닌, 갈 곳을 바라보아야 한다는 걸. 헨리 포드는 말했다. "목표에 주의를 두면 장애물은 보이지 않는다." 이처럼 목표가 아닌, 장애물에 신경을 쓰면 그것만 보여서 결국 부딪힌다. 우리의 뇌는 긍정과 부정을 구분하지 못한다고 한다. "지금부터 고양이를 생각하지 마세요."라는 말을 들으면, 아무리 애써도 계속 고양이가 머릿속에 떠오른다. 그러니 실수하면 안 된다고 말하는 건, 실수하겠다는 말과 다를 바가 없는 것이다. 그러니 실수하지 않길 원한다면, 성공적으로 해내는 것에 집중해야 한다. 그렇게 해야만 그나마 완벽에 가까워질수 있다. 완벽주의는 우리를 게으르게 만들고, 100% 확신이 들지 않으면 시작조차 하지 못하게 만든다. 완벽하지 못할 바에, 아예 하지 않겠다고 생각하기 때문이다. 또한 완벽주의와 성과 사이에 아무런 관련이 없다는 사실도 밝혀졌다. 참으로 이상한 일이다. 우리는 더 나은 성과를 위해 완벽을 추구했던 게 아닌가?

사실 우리는 지금 있는 그대로 이미 충분하다. 그럼에도 정녕 완벽함을 원한다면, 완벽주의를 버려야만 한다. 완벽을 좇을수록 완벽에서 멀어진다. 완벽해지려고 애쓴다면 삶이 고통스럽기만 할 뿐. 완벽은 추구하는 것이 아니다. 자연스레 되는 것이다. 역설적으로 완벽주의라는 환상에서 벗어나야만, 비로소 완벽해질 수 있다. 완벽한 타이밍, 완벽한 준비, 완벽한 시작이란 없다. 100% 빈틈없이 준비를 마치고 시작하려 한다면, 결코 시작할 수 없을 것이다. 사실 시작하기에 완벽한 시기는 바로 지금이다. 우리는 일단 시작하고, 경험을 통해 성장하며, 완벽함에 가까워질 수 있다.

예측하지도 말고 판단하지도 말고

세상만사가 내가 계획한 대로 일어난다면 얼마나 좋을까? 내가 원하는 일만 일어나고 원치 않는 일들은 일어나지 않는다면, 더 이상 불확실한 미래를 걱정하지 않아도 될 텐데 말이다. 그러나 삶에서 일어나는 일들은 언제나 내 뜻대로만 되지 않았다. 이런 현실이 참 매정하게 느껴졌고, 세상과 맞서 싸워야만 했다. 그런 나의 행동은 오히려 삶을 고통스럽고 불행하게 만들었다. 공들여 세운 계획은 수시로 틀어졌다. 예상이 빗겨나갈 때마다, 땅 주인이 수시로 와서 내 건물을 철거해 버리는 듯한 기분이었다.

어느 날, 날씨가 좋을 거라는 일기예보가 들려왔다. 나와 친구는 한껏 들떴다.

"우리 여행가는 날에 날씨 정말 좋대! 여기저기 다 찍고 오자."

"좋았어, 정말 기대된다!"

그렇게 우리는 설렘을 가득 안고 여행을 떠났다. 하지만 여행지에 도착한 순간, 엄청난 비바람이 몰아쳤다.

"분명 소나기일 거야. 그래야만 해."

이런 간절한 바람에도 불구하고, 여행하는 기간 내내 거센 비가 내렸다. 우리는 거의 온종일 숙소에 갇혀버렸다.

"하…. 비 안 온다며!"

잔뜩 화가 난 나는 씩씩대며 날씨 탓을 하고, 기상청 탓을 했다. 그렇게 했음에도 기분은 전혀 풀리지 않았다.

생각해 보면 기상청은 아무 잘못이 없었다. 그들 또한 최선의 방법으로 관측하고 날씨를 예측할 뿐이다. 말 그대로 '예측'이기에 언제든지 틀어질 수 있다. 세상은 원래 예측 불가한 일들이 넘쳐난다. 그러면 이 세상을 탓하면 되는 것일까? 하지만 세상은 우리가 태어나기 이전에 이미 존재해 왔다. 예측 불가한 일들이 일어나는 건 자연스러운 현상이다. 그러니 그 누구의 잘못도 아니다. 그저 모든 일이 자기 입맛대로 일어나길 바란 게 문제였다.

이처럼 인간은 의식적이든 무의식적이든, 예측하는 일을 멈추지 않는다. 자신이 이 일을 성공적으로 완수하면, 칭찬을 받고 큰 보상을 얻을 거라고 기대한다. 잔뜩 기대감을 안고 열심히 프로젝트를 완수한다. 스스로 보기엔 너무 완벽해 보인다. 어깨가 으쓱 솟는다. 당당히 걸어가서 결과물을 제출하지만, 예상은 어김없이 빗나간다.

"이게 정말 최선이야? 처음부터 다 수정해야겠다."

예상과는 전혀 다른 반응에 분노하고 실망하게 된다.

'이만큼 했으면 됐지. 뭘 얼마나 더 잘하라는 거지?'

누군가에게 선물을 줄 때도 마찬가지다. '선물을 주면 상대가 고마워하겠지?'하는 기대감에 열심히 준비한다. 하지만 예상과는 다른 반응에 서운해진다. '기껏 생각해서 줬는데, 좋아하는 기색 하나도 없네.' 이러한 예측과 기대는 실망과 분노를 안겨준다. 결국 사이가 멀어지기도 한다.

이 상황에선 내 예상대로 반응하지 않은 친구의 잘못일까? 마음대로 예측하고 기대한 나의 잘못일까? 애초에 고마움이라는 반응을 기대하고, 선물을 준 거 자체가 잘못이다. 선물을 주는 건 나의 선택이지만, 어떤 반응을 보일지는 받는 사람의 선택이다. 무언가를 받았다는 이유로 무조건 고마워해야 한다는 법은 없다. 친구가 내게 돈 쓰기가 아까워서, 사용했던 물건이나 헤진 옷을 생일 선물로 준다면 고마워할 수 있을까? 애초에 우리가 선물을 주는 이유는 고맙다는 말을 듣기 위해서가 아니라, 그냥 주고 싶어서 주는 것이다. 그게 아니라면 애초에 주지 않는 게 낫다. 그러니 예상치 못한 반응을 보이더라도 기분 나빠할 필요가 없다. 이미 주고 싶은 나의 마음을 충족했기에.

이처럼 삶에서 일어나는 모든 사건을 내가 원하는 대로 일어나길 바라는 건, 자신을 한없이 분하고 고통스럽게 만드는 일이다. 〈될 일은 된다〉의 저자 마이클 싱어는 말했다.

"'개인의 의지'와 '자연스럽게 펼쳐지는 현실' 간의 이 싸움은 결국 우리의 삶을 좀먹는다. 전쟁에서 이기면 행복하고 느긋해지는 반면, 지면 마음이 불편하고 스트레스를 받는다. … 꼭 그렇게 살아야 할까? 내버려 둬도 삶은 꽤 잘 굴러간다는 증거가 이미 차고 넘친다."

어쩌면 나는 세상과의 불필요한 싸움을 해왔던 건 아닐까? 만사가 내 뜻대로 되길 바라면서 말이다. 흔히 자연스레 흐르는 강물을 거꾸로 거슬러 올라가는 것이 우리의 삶이라고 말하곤 한다. 나도 그 생각에 정말 동의했었고 그렇게 살아왔지만, 삶은 더 고통스럽기만 할 뿐, 조금도 나아지지 않았다. 강물의 흐름을 거스르며 나아가면, 엄청난 노력을 쏟아붓고 애써야지만 겨우 원하는 목적지에 도착한다. 하지만 강물의 자연스러운 흐름에 몸을 내맡기고 나아가면, 훨씬 적은 노력으로도 목적지에 도착한다.

눈 앞에 펼쳐지는 여러 가지 사건, 상황들을 어떻게 바라보면 좋을까? 우리는 개인적 호불호에 따라서 상황이 좋다, 나쁘다 판단을 내린다. 하지만 그것은 온전히 주관적인 판단일 뿐이다. 상황이 원하는 대로 벌어지지 않았다며, 불평해도 달라지는 건 없다. 세상만사는 애초에 예측불허임을 인정하자. 게임이든, 영화든 예측한 그대로

시나리오가 흘러간다면, 재미가 없어질 것이다. 알다시피 우리는 예측을 깨뜨리는 반전적인 요소에 열광한다. 삶 역시 그렇다. 우리가 예상한 대로 흘러가지 않기에 인생은 흥미롭고 재미있다. 강물의 흐름 자체를 바꾸려 애쓰지 마라. 온 힘을 다해 바꾸려 해도, 쓰러지는 건 결국 나 자신이다. 삶이 힘들어지는 건, 이런 애꿎은 노력 때문이다. 결국 자신의 선택이다. 둘 중 어느 방법을 택하든 우리는 원하는 목적지에 다다를 수 있다. 다만 힘들게 갈 것인지, 즐기며 갈 것인지의 차이가 존재할 뿐.

삶의 행복과 불행은 선택일 뿐

"여러분이 지금 겪고 있는 모든 불행은 어떤 사람, 사건이 만드는 것이 아닌 바로 여러분이 만드는 겁니다."

전혀 이해할 수 없었다. 내가 무슨 이유로 스스로를 불행해지게 만든단 말인가. 저 말이 정말 사실이라면, 내 마음속 깊은 곳에서 느껴지는 불안과 짜증, 분노는 무엇이란 말인가? 나를 힘들게 하는 사람들, 어쩔 수 없는 사건들이 삶을 불행하게 만들뿐이다.

프로이트는 현재의 모든 일들은 과거의 어떤 원인으로 인해 유발된다고 말했다. 그의 원인론적 사고에 따르면, 지금 내가 이렇게 불행한 이유는, 과거에 경험했던 좋지 않은 일들 때문이었다.

"과거에 겪은 일들 때문에 내가 지금 이런 모습인 거야."

이렇게 생각하니 당장은 괴로움이 줄어드는 듯했다. 내 삶이 이렇게 무너진 이유를 합리화할 수 있었으니까. 그럼에도 이미 망가져 버린 삶은 달라지지 않았다. 프로이트는 말했다.

"병이 나면 그 원인을 찾아 해결하는 것과 같이, 마음의 문제 또한 과거의 상처와 트라우마를 직면해야 한다."

나는 희미한 기억의 파편으로만 남은 어린 시절을 떠올렸다. 처음엔 잘 되지도 않았고 힘들기만 했다. 하지만 계속 시도할수록, 수십 년이 지난 사건의 장면들도 생생하게 떠올랐다. 그때의 그 감정까지도 생생히 느껴졌다. 갑자기 이유 모를 눈물이 쏟아졌다. '과거의 이런 아픈 경험들로 인해서, 내가 지금 이렇게 힘든 거였구나.' 이제부터라도 스스로를 그만 몰아세우겠다고 다짐했다. 그날을 계기로 나는 자기혐오로부터 조금씩 벗어나기 시작했다.

하지만 그 마음은 어느새 다른 자리로 옮겨갔다. 내게

그런 일을 겪게 만든 사람들을 원망하는 마음으로 바뀌었다. 부모님이 너무 미웠다. 왜 칭찬 한 번은 고사하고, 지적하고 혼내기만 한 건지 이해할 수 없었다. 내 내면에는 어릴 적 경험과 그때 느낀 감정들이 고스란히 남아있었다. 엄격한 부모님을 무서워했던 그 아이는, 아직도 내 마음속에 존재했다. 겉보기엔 서른 살이나 먹은 어른이지만, 내면은 아직도 어린아이에 불과했던 것이다. 나는 길거리에서 지나가는 어른들만 봐도, 불편함과 긴장감을 느꼈다. 마치 파블로프의 개처럼, 어른이라는 자극이 들어오면, 반사적으로 전투태세를 취했다. 그렇게 매 순간 긴장 상태에 놓여있었고, 스트레스는 극도로 치솟았다.

아마 평생을 그렇게 원망만 했더라면, 지금 이렇게 글을 쓰고 있지 못했을 거다. 나는 주체할 수 없는 감정들을 뒤로 하고, 사실을 파악하려 했다.

'이렇게 원망한다고 내게 득이 되는 게 있을까?'

아니, 단 하나도 없다.

'부모님은 나를 싫어해서 그랬을까?'

그건 아니야, 방식이 좋지 않았을 뿐.

'왜 그런 방식을 취했을까?'

그분들도 부모님에게 똑같은 대우를 받았으니까. 그게

날 위한 일이고, 옳은 일이라 생각했으니까.

'부모님은 나름 최선을 다 한거였구나…!'

깊은 깨달음이었다. 나는 과거가 어떻든 상관없이, 지금의 삶에 스스로 책임을 지기로 결심했다.

내게 엄격하게 대했던 부모님을 진심으로 이해하고 싶었다. 어른들은 왜 그런 가치관을 가지게 되었을까? 먹고 사는 일을 걱정하고, 좋은 대학, 좋은 직장, 좋은 집, …

'대체 부모님이 살던 시대상은 어땠을까?'

그렇게 나는 갑작스레 역사 공부를 시작했다. 진짜 필요에 의해 역사 공부를 한 건, 이번이 처음이었다. 책을 보며 부모님 세대들이 그런 가치관을 가질 수밖에 없었던 이유를 이해할 수 있었다. 그들이 얼마나 열악한 환경에서 독하게 견뎌왔는지 뼛속 깊이 느낄 수 있었다. 그리고 깨달았다. 그런 악착같은 마음이 있었기에 경제적으로 급성장한 지금의 한국이 있다는걸. 갑자기 눈물이 터져 나왔다.

'나는 어른들의 속사정을 잘 알지도 못하면서, 무작정 미워하기만 했구나…'

107

한심하게도 나는 과거의 경험이 내 인생을 망쳤다고 믿고 있었다. 하지만 우리는 같은 경험을 하더라도, 다른 행동을 선택할 수 있다. 인간은 생각하고 판단할 수 있는 존재이기에. 그러니 내가 과거에 안 좋은 일들을 겪은 건 맞지만, 그것이 현재 상태를 정당화할 순 없었다. 나처럼 불행한 과거를 겪었더라도, 오히려 그 일을 극복하면서 더 성장한 사람들도 있었으니까. 즉 어떤 일을 겪었느냐가 중요한 게 아니라, 상황을 어떻게 바라보고 어떤 행동을 취하느냐가 중요하다. 불행한 일을 겪었기에, 앞으로도 불행해야 한다는 법은 없다. 과거에만 얽매여 있기로 스스로 선택했기에 불행해질 뿐이다. 나는 불행했던 과거를 집어던지고, 완전히 다른 삶을 살기로 결심했다.

예기치 못한 역경을 겪더라도 누군가는 불평만 하지만, 어떤 이는 초연한 태도로 사실 파악을 하고 문제 해결에 나선다. 똑같은 조건에서도 우리는 각기 다른 선택을 내리고 행동한다. 그러니 행복한 삶을 살 것인지, 불행한 삶을 살 것인지는 오로지 선택의 문제다. 법륜스님은 말했다.

"우리는 스스로 불행할 수밖에 없는 이유를 자꾸 내세

웁니다. 그러나 어떤 삶을 살고 있더라도 우리는 행복해 질 권리가 있고 행복을 선택할 수 있어요. 우리가 행복하고 불행한 것은 누구 책임인가요? 모두 자기 책임입니다. 자기 인생은 자기 외에 책임져 줄 사람이 아무도 없어요."

삶을 불행하게 만드는 문제들은, 해결해버리면 더 이상 걱정거리가 되지 않는다. 그런데 우리는 보통 문젯거리가 생기면, 이런 문제 때문에 어쩔 수 없다며 주도권을 넘겨버린다. 사실 파악을 하고 해결해버리면 끝날 일인데 말이다. 굳이 불행을 자처할 필요가 있을까? 우리는 당장에도 불행을 던져버리고 행복을 선택할 수 있다.

현실적인 목표는 가짜다

"사람은 현실적으로 살아야 하는 거야."

극도의 현실주의자였던 나는 이런 말을 자주 하곤 했다. 물론 내게 주어진 상황이 마음에 들진 않았다. 그러나 달리 할 수 있는 게 없다고 믿었기에, 체념하고 받아들였다. 사실 성인이 된 이후로 인생의 목표라는 것도 없었다. 유일하게 목표를 세우는 날이 있었다. 바로 새해 첫날. 나는 그날이 다가올 때마다 새로운 다이어리를 구매했다. 이번만큼은 색다른 1년을 보내보겠다며, 기대에 찬 마음으로 이것저것 써 내려갔다.

'올해는 이걸 제일 하고 싶어. 그런데 현실적으로 내가 할 수 있으려나⋯.'

분명 원하는 게 있었지만, 현실적으로 불가능하다고 생각했다. 나는 그 목표를 다이어리에서 지워버렸다. 그리곤 당장에 할 수 있을 거 같은, 그저 그런 목표들만 가득 채워 넣었다. 결국 얼마 쓰지도 않은 새 다이어리는, 책장 한구석에 틀어박히게 되었다. 그곳엔 이미 첫 장만 쓰인 다른 친구들이 있었다. 2014, 2015, 2016, …, 2022. 마치 나의 실패한 기록을 보는 것만 같았다. 이 광경을 본 아버지는 다 쓰지도 않았는데 새것을 산다며 꾸짖곤 했다. 하지만 어쩔 수 없었다. 날짜가 지금이랑 다르면, 쓸 맛이 나지 않았으니까.

그렇게 매년 목표를 세웠음에도, 인생은 조금도 달라지지 않았다. 당연한 결과였다. 내가 진짜 원했던 목표를 외면하고, 그저 그런 목표들만 세웠기 때문이다. 그런 것들로는 나의 게으름을 이길 수 없었다. 어릴 적 우리 모두에게는 가슴 뛰는 목표가 있었다. 분명 그랬다. 하지만 주변 사람들은 우리의 목표를 비현실적이라며 짓밟아버렸다.

"제발 철 좀 들어라. 네가 그걸 어떻게 할 건데?"

어린아이가 이런 질문에 어떻게 답을 하겠는가? 어른

들은 '현실적인' 이란 단어를 좋아하는 게 틀림없었다. 그만큼 현실적이라는 말을 지겹도록 들었다. 나는 결국 내 꿈을 포기했다. 그때부터였던 거 같다. 현실주의자가 되었던 게. 나는 지인들이 자신의 꿈을 이야기할 때마다, 훼방을 놓곤 했다.

"그건 현실적으로 불가능할 거 같은데?"

그걸 무슨 수로 이룰 거냐면서, 지인들의 꿈을 산산조 각 내버린 것이다. 어른들이 내 꿈을 짓밟아버렸던 것과 똑같이 말이다. 그렇게 현실적으로 살아온 결과, 내 인생 은 달라진 게 없었다. 5년 전이나 지금이나.

그러다 문득 이런 생각이 들었다.
'대체 현실적인 것은 어떤 것일까?'

나는 현실 운운하는 사람들에게, 현실적인 게 대체 뭐냐고 물었다. 하지만 그들은 아무런 답도 주지 못했다. 참으로 이상했다. 현실적이라는 말을 쓰면서, 그 의미를 모르다니. 그들 역시 나처럼 누군가로부터 세뇌당한 게 분명했다. 내 생각엔 현실 운운하는 건 자기합리화에 불 과해 보였다. 어차피 불가능한 일이니까, 시도하지 않는 거라고 하면서 말이다.

그동안 나는 현실에 안주하면서, 행동하지 않을 핑계를 대고 있었다는 사실을 깨달았다. 현실적인 목표? 그런 건 없었다. 내 진짜 목표는 비현실적이었지만, 훨씬 더 많은 열정과 노력을 쏟을 수 있도록 해주었다. 그때부터 삶이 변하기 시작했다. 사실 우리가 지금 누리고 있는 것들도, 처음엔 다 비현실적인 것들이었다. 50년 전으로 돌아가 사람들에게 이렇게 말하면 어떨까?

"50년 뒤엔 방구석에 앉아서, 지구 반대편에 있는 사람과도 이야기할 수 있어요."

그들은 그게 말이 되냐며 우릴 보고 미쳤다고 할 것이다. 미국의 CEO 그랜트 카돈은 말했다.

"하나같이 목표를 너무 높게 세우지 말라고 경고한다. 하지만 목표를 낮게 세우면 성과 역시 적게 얻는다. 어느 누가 기껏해야 그저 그런 보상을 얻는 일에 열정을 유지할 수 있겠는가?"

행동은 결과를 만들어 낸다. 더 많이 그리고 더 꾸준

히 행동하면 할수록 더 좋은 결과를 얻게 된다. 우리가 목표를 세우는 이유는 무엇일까? 원하는 결과를 성취하기 위해서, 결과에 걸맞은 행동을 하기 위해서다. 누가 봐도 가능해 보이는 현실적인 목표로는 성장하기 어렵다. 10의 목표를 세우면 100% 완벽히 해내도 10을 얻지만, 100의 목표를 세우면 50%만 달성해도 50을 얻는다. 우리는 최소한 자신이 성장할 수 있는 목표를 세워야 한다. 그게 설령 비현실적으로 보이더라도 말이다. 사실 현실적, 비현실적이라는 판단을 내리는 건, 한 사람의 주관일 뿐이다. 지금 당장은 불가능해 보일지라도 계속 나아가야 한다. 우리는 불가능해 보이는 일에 부딪히면서, 성장할 수 있기에. 그렇게 내 덩치가 커지면, 비현실적으로 보였던 목표가 어느새 작아 보일 것이다.

우리는 인생이라는 항해를 하고 있다. 목표를 정하면 나침반의 방향이 정해진다. 가는 길에 커다란 암초와 거센 폭풍을 만날 수 있다. 하지만 방향만 잘 잡으면 결국은 원하는 곳에 다다를 수 있다. 방법은 중요하지 않다. 방향만 크게 벗어나지 않으면서 목표에 걸맞은 행동을 해나가면 된다. 그것이 전부다. 목표가 불가능해 보일지라도, 어떻게 이뤄야 할지 전혀 감이 잡히지 않더라도 괜찮다. 처음부터 어떻게 이룰지를 일일이 다 생각한다면, 시작할 수가 없다. 사실 가능과 불가능도 오직 자신이 정하는 것이다. 우리의 내면에 잠재된 가능성은 그 누구도 예측할 수 없다. 심지어 자기 자신조차도. 그러니 그것이 될지 안 될지는 아무도 모르는 것이다. 현실적인 목표는 가짜 목표다. 진짜 목표는 애초에 불가능해 보여야 한다.

3부

서른, 일을 하며 느낀 것들

서른이면 안정된 삶을 살게 될 줄 알았다

안정된 직장, 화목한 가정, 내 명의로 된 집 하나는 거뜬히 마련할 정도의 경제적 안정.

몇 년 전까지만 해도, 서른 살이 되면 이 정도는 갖춰야 한다는 사회적 인식이 있었다. 서른은 진짜 어른이 되는 나이라고 생각했다. 고작 10대였던 나에게 30살이 된다는 건, 머나먼 일처럼 느껴지곤 했다. 그러나 시간은 천천히 흐르지 않았다. 벌써 서른이라니. 내가 느끼기엔 20대 때와 별다를 게 없는데 말이다.

나는 늘 아침마다 잠과 사투를 벌였다. 퇴근 후의 시간은 너무나 달콤했기에. 그 시간이 가지 않길 바라며, 최대한 늦게 잤다. 게임을 하고, 드라마 정주행을 하면서 말이다. 덕분에 아침마다 이런 생각이 들곤 했다. '잠든 지 얼마 안 된 거 같은데, 시간이 벌써 이렇게 됐다고?' 시끄럽게 울려대는 소리에 표정을 잔뜩 찌푸린 채 알람을 껐다. '딱 5분만 더 자야겠다.' 출근해야 한다는 사실을 애써 외면해 보았지만, 결국 지각하는 게 두려워 후다닥 출근 준비를 했다. 일하는 게 너무 싫었다. 나는 하염없이 주말만 바라보며, 이 시간이 얼른 지나가길 바랐다. 그러다 금요일이 되고 퇴근 시간이 가까워지면 마음이 들뜨곤 했다.

"드디어 주말이다!"

그러나 주말은 시간이 10배는 빨리 가는 듯했다. 그렇게 다시 다가오는 월요일은 공포 그 자체였다.

"하…. 내일 출근이라니."

직장생활을 시작하고 잠시도 일을 쉬어본 적이 없었다. 그럼에도 나는 여전히 돈 걱정을 하면서 벌벌 떨고 있었다. 하는 일이 잘 맞지도 않았고, 몸은 조금씩 망가져 가고 있었다. 그래도 어쩔 수 없었다. 먹고는 살아야 하니까. '계속 열심히 일하다 보면, 노후에는 나아지겠지!'라는 막연한 믿음 하나로, 나는 버티고 또 버텼다. 이렇게 쳇바퀴 도는 삶을 이어가다 보니, 지금의 나이가 되었다. 서른. 절대로 오지 않을 것만 같았던 그 나이. 내가 들었던 대로라면, 지금쯤 내 집 하나는 마련했어야 했다. 하지만 집은커녕, 직업조차도 안정되지 않았다. 남들은 이 때쯤 차와 집을 마련하고, 결혼을 준비하던데, 나는 지금 뭐 하는 걸까? 허탈했다. 악으로 깡으로 버티기만 하면, 좋은 날이 올 거라고 믿었는데.

마주하고 말았다. 앞으로 10년. 아니, 30년을 일해도 지금과 다를 게 없을 거라는 그 느낌. 이대로는 답이 없었다. 열심히 쳇바퀴만 돌리던 나는 그 자리에 멈춰 섰다. 앞으로 어떻게 해야 하는 걸까? 막막해졌다. 안정된 삶. 애초에 그것은 도달할 수 있는 목표일까? 매달 꼬박꼬박 나오는 월급은 당장의 안정감을 준다. 하지만 그것이 안정적인 노후를 책임져 주진 않는다. 그럼에도 나는 하기 싫은 일을 하면서, 그저 버티기만 하고 있던 것이었다. 인생이 불만스럽고, 불행하게 느껴졌다. 즐거움? 그게 뭘까? 그런 기분을 느껴본 지가 언제인지. 일을 하면 할수록 내 몸과 마음은 점점 더 지쳐갔다. 그만하고 싶었다. 정말로. 간절히 원했다. 그러나 나는 월급이 주는 안정감에 중독되어서, 일을 그만둘 수가 없었다.

그동안 나는 일을 단순히 생계 수단으로만 생각했다. 일의 목적이 돈을 벌기 위함이라고 여겼기에, 일하는 동안 너무 괴로웠고 지루했다. 요즘은 금융치료라는 말이 있을 정도로, 이런 게 너무나 당연하게 여겨지기도 한다. 나도 안다. 진짜 때려치우고 싶었는데, 계좌에 찍혀있는 월급을 보면, 언제 그랬냐는 듯 편안해지는 그 기분. 하지만 그 기쁨도 오래가지 않았다. 딱 하루였다. 30일 중 1일만 기분이 좋고, 나머지 29일은 괴롭다. 왜 그 하루를 위해서 나머지 날을 희생해야 하는 걸까? 그때 깨달았다. 일 자체가 즐거워야. 아니, 최소한 성취감이라도 있어야 한다는 걸. 그렇지 않으면 과정 자체가 괴로워지니까. 거기서부터 악순환이 시작된다. 일 자체가 괴롭기에, 우리는 다른 곳에서 즐거움을 얻으려고 한다. 퇴근 후 술 한잔, 게임, 자극적인 음식, 넷플릭스 정주행과 같은. 그것들은 분명 즐거움을 가져다주지만, 그 시간은 너무나 짧다. 오늘이 가지 않길 바라며, 밤늦게까지 버티다가 결국 잠에 든다. 잠은 계속 부족해지고, 컨디션도 좋지 않다. 일이 손에 잡히질 않는다. 우리는 한숨을 쉬며 퇴근 시간만 기다린다. 유일한 낙이 거기에 있기 때문이다.

"월급이 주는 안정감? 정신 차려, 그딴 건 은퇴하면 없어진다고."

갑자기 머릿속에서 목소리가 들려왔다. 맞는 말이었다. 지금이야 젊으니까 12시간을 일해도 버틸만하지만, 나이를 먹어갈수록 체력도 업무능력도 떨어질 테니. 결국엔 은퇴할 시기가 온다. 더 큰 문제는 은퇴 시기가 점점 빨라지고 있는 반면, 평균 수명은 점점 늘어나고 있다는 것이다. 60세에 은퇴한다 해도, 40년을 더 살아야 한다. 직장 다니며 모은 돈으로 40년을 버틸 수 있을까? 내가 보기엔 불가능에 가까웠다. 그 말은 은퇴하고 나서도, 돈 벌 수단을 찾아야 한다는 것이었다.

'결국 은퇴해서도 일을 해야 한다면, 나는 왜 버티고 있는 거지?'

더는 버틸 이유가 없다는 걸 깨달았다. 이제는 그만둬야겠다고 다짐했다. 그러자 뒤이어 드는 생각은 이랬다.

'하지만 나는 이 일 말고는, 마땅히 할 수 있는 게 없는 걸?'

그렇게 따지면 은퇴하고 나서도 마찬가지였다. 지금이라도 새로 배우고 부딪히면 되는 거지. 맞지 않는 일을 하면서 평생을 낭비하고 싶지 않았다. 분명 그 끝엔 후회만 남을 테니. 나는 결심했다. 50세, 60세에 새로운 일에 도전할 바에는, 한창 젊은 지금 도전하겠다고. 서른이면 10년을 도전해도 마흔이다. 무엇인들 10년을 하면 못 할게 있겠는가. 10년이 뭐야. 5년만 꾸준하게 도전해도, 웬만한 건 다 잘할 수밖에 없는데 말이다.

안정적인 노후는 안정적인 직장에 머무른다고 이루어지는 게 아니다. 나는 지금이 아닌 미래에 안정을 얻고 싶다. 나이를 너무 많이 먹어버려서, 할 수 있는 게 아무것도 없을 때. 그때 안정적이고 싶다. 그래서 무엇이든 도전할 수 있는 지금, 불확실하고 안전하지 않은 길을 걷는다. 지금의 불확실한 도전들이 미래의 안정을 만든다고 믿으니까. 적어도 나는, 조금이라도 즐길 수 있는 일을 하며 살고 싶다. 요즘 서른은 과거의 스무 살과 비슷하다고 생각한다. 한창 방황하고 도전하며 시행착오를 겪어도 되는 시기다. 서른은 안정된 삶을 꾸려야 할 나이도 아니고, 도전하기에 늦은 나이도 아니다. 이걸 기억했으면 좋겠다. '서른엔 결혼을 해야 하고 집을 마련해야 하고'. 이런 암묵적인 길을 정한 건, 우리와 똑같은 사람일 뿐이라는 걸. 그러니 그들의 말대로 살아야 할 이유도 없다는걸.

증명하려 애쓰지 말고, 그저 나답게

"아…. 안녕하세요. 부족하겠지만 자…. 잘 부탁드릴게요."

첫 출근을 했을 때였다. 앞에 나가 인사를 하는데, 그날도 어김없이 말을 버벅댔다. 얼굴이 새빨개진 채로. 누가 봐도 맹한 사람처럼 보였을 것이다. 많은 사람 앞에 서서 말을 한다는 건, 내게 지옥과도 같았다. 매사 자신감이 없었다. 남의 시선에 민감했고, 말도 잘하지 못했다. 일을 배울 때도 오랜 시간이 걸렸고, 실수도 많이 했다. 그런 내게 많은 사람을 상대해야 하는 병원 일은 고통 그 자체였다.

내가 다녔던 병원은 30분 치료를 하고 5분을 쉬었다.

사실 쉽다고 말하기도 어렵다. 5분 이내에 차트를 작성하고, 물 한 잔을 마시고, 한숨을 돌리려고 하면 치료 시간이다. 이것을 13번 동안 반복한다. 그러면 정확히 오후 5시 반이 된다. 이 정도면 병원의 탈을 쓴 공장이 아닐까? 이처럼 정신없는 시스템 덕분에, 보통은 한 달 동안 업무를 익히고 적응하는 시간을 갖는다. 하지만 나는 기존에 있던 선생님이 그만두는 바람에 곧바로 투입될 수밖에 없었다. 멘탈이 많이 흔들렸다. 아무리 학교에서 이론을 배웠다지만, 이론과 실전은 정말 달랐으니까. 1:1로 30분을 이끌고 가는 건, 신입인 내게 엄청난 부담이었다. 그것도 13번을 해야 한다니. 환자들은 상황이 상황인지라 극도로 예민한 경우가 많았다. 특히 오래 입원한 환자들은, 이제 시작하는 치료사를 탐탁지 않아 한다. 흔히 말하는 갑질을 부리는 것이다.

시작부터 갑질을 당했다. 백발의 중년 여성이었는데, 뭔가 까탈스러운 느낌이 들었다. 그 환자의 첫 마디는, 나를 당황스럽게 만들었다.

"이제야 온 거 맞죠? 나 진단명이 뭔지는 아세요?"

너무나 떨렸지만, 꿋꿋이 대답했다.

"알아요. 척수 손상이시던데요?"

그러자 환자는 의심의 눈초리를 쏘아 보내며, 혼잣말로 중얼거렸다.

"이제야 시작했는데 뭘 안다고…."

'이런 씨…. 무슨 말을 저딴식으로….'

속으로 생각했다. 화가 부글부글 끓었다. 초면에 인신공격이라니. 기분이 정말 나빴지만 반박할 수는 없었다. 아는 거라곤 병에 대한 증상뿐이었으니까. 그 이후로 환자는 아무런 말 없이 치료를 받았다. 하지만 잔뜩 찡그린 표정에서 느껴졌다. 그녀가 짜증이 났으며, 나를 굉장히 불신하고 있다는걸. 30분 내내 눈치가 보였다. 계속 긴장한 덕분에, 땀이 이마와 등줄기를 타고 줄줄 흘렀다. 그렇게 치료가 끝나자, 환자는 다른 치료사에게 하소연하기 시작했다. 내게 치료를 받았더니 더 아프다면서, 뭘 하려는 건지 모르겠다면서 말이다.

"다른 치료사로 바꿔줘요, 당장!"

일부러 나 들으라고 하는 거였다. 열이 바짝 오르기 시작했다. 얼굴은 달아올랐고, 마음속에 있는 발작 버튼이 눌리기 일보 직전이었다. 하지만 이제 갓 입사한 병아리

127

가 무슨 힘이 있었을까? 차오르는 분노를 애써 꾹꾹 눌러 담았다. 그날의 기억은 트라우마로 남아, 오랫동안 나를 괴롭혀 댔다.

그날을 계기로 매일 퇴근 후에 해부학과 신경과학을 공부했다. 어려운 건 선임 선생님께 물어보면서 치료에 적용해 나갔다. 덕분에 단기간에 실력이 늘었다. 그날의 분노는 나를 계속 성장하게 했다. 8개월이라는 시간이 흐른 뒤, 그 환자를 다시 마주하게 되었다. 마치 그날처럼 어색한 공기가 흘렀다. 나는 그 사람이 너무나 불편했지만, 그냥 내가 할 것에만 집중했다. 갑자기 그 환자가 말을 꺼냈다.

"선생님. 이제 치료 잘하는 거 같네."

웃는 얼굴, 상냥한 말투. 순간 이게 무슨 상황인가 싶었다.

'뭐야, 이렇게 태도가 180도 변한다고?'

실력으로 증명하니, 나를 대하는 태도가 달라진 것이다. 그때 나는 이런 생각을 했다.

'남들에게 무시당하지 않으려면, 실력을 키우고 증명하

면 되는구나.'

그렇게 나는 더 강박적으로 공부를 하기 시작했다. 내 실력을 증명해 보여야 한다면서 말이다. 하지만 5년을 공부해도 환자들의 불만과 비난을 100% 피해 갈 수 없었다. 그때마다 너무 괴로웠다. 내가 노력이 부족한 걸까? 자책하기도 했다.

'오랫동안 정말 열심히 했는데, 왜 아직도 비난의 목소리를 받는 걸까?'

그제야 깨달았다. 아무리 실력을 끌어올려도, 어차피 욕할 사람은 욕한다는 사실을. 그들은 내가 못 해서 비난하는 게 아니라, 그냥 자기 마음에 들지 않아서 비난하는 것이라는 사실을. 그런 깨달음 덕분에, 타인의 시선과 평가에서 벗어날 수 있었다. 이제는 더 이상 남들의 말에 휘둘리지 않는다. 그들이 비난을 해도, 설령 칭찬을 해도 말이다. 그저 중심을 잡고 나만의 방식으로 내 할일을 한다. 증명하려 애쓰지 않는 삶. 이게 얼마나 편안한지 모른다.

우리는 남들에게 자신을 증명할 필요가 없다. 내가 아

무리 잘해도 욕할 사람은 욕한다. 애초에 모든 이를 만족시킬 순 없는 것이다. 누군가가 나를 무능하게 생각한다고 해서, 나의 가치가 떨어지는 게 아니다. 능력은 가치와 동의어가 아니기에. 우리는 이 땅에 발을 딛고 서 있는 것만으로도 존재할 가치가 있다. 그러니 누가 뭐라 한들, 우리는 그저 우리답게 존재하고 살아가면 된다. 남이 하는 말은 절대적인 진실이 아니라, 주관이 담긴 의견일 뿐이니까. 타인의 말에 귀 기울이는 건 중요하지만, 모든 말을 받아들이면 문제가 된다. 왜 타인의 말은 존중하면서, 자신의 감정은 존중하지 않는가? 근거 없는 비난과 무시는, 남이 던진 쓰레기다. 그것을 계속 들고 있을지 말지는 내가 선택할 수 있다. 사실 선택할 필요도 없다. 쓰레기를 갖다 버리자.

평생 일만 하려고 죽어라 공부한 건 아닌데

"너 자신을 알라." - 소크라테스

널리 알려진 이 명언 덕분에 사람들은 나 자신을 아는 게 중요하단 걸 이미 알고 있다. 그럼에도 불구하고 자기 자신을 잘 알지 못한다. 잘 안다고 착각하고 있을 뿐. 주입식 교육의 폐해다. 학교에서든 집에서든 시험공부에만 목을 매는데, 어떻게 자신에 대해 잘 알겠는가? 그럴 여유도 주지 않는데 말이다. 어른이 되어서도 그저 일에 치여 정신없이 산다. 그래서 자신이 무엇을 좋아하고, 무엇을 잘하는지 모르는 사람이 훨씬 많다. 물론 나도 예외가 아니었다.

나는 고분고분 말을 잘 듣는 수동적인 아이였다. 훗날

에 행복해지려면, 공부해야 한다는 말에 억지로 의자에 앉았다. 명확한 이유도 모른 채, 친구들과의 무한 경쟁에 동참한 것이다. "왜 행복해지려면 공부를 해야하지?" 그때 내가 이런 의문만 품었더라면, 인생이 조금은 달라졌을 텐데. 이해할 수 없었다. 고작 숫자에 불과한 성적에 왜 이렇게 목을 매는 건지. 하지만 내 관심은 오로지 남들에게 인정받는 것에 있었다.

어른들이 시험 성적에 집착하는 이유는 자식들이 좋은 학교에 가서 좋은 직장을 얻고 잘 살았으면 하는 바람에서다. 의도는 좋지만, 과연 그 선택이 아이들을 행복하게 만들었을까? 안타깝게도 오히려 더 불행하게 만들었다. 세계 10위 경제 대국인 대한민국은 엄청난 경제적 성장을 이루었지만, OECD 국가 평균 2배의 자살률을 보이며 1위를 기록하고 있고, 행복지수는 37개국 중 35위로 최하위권에 위치한다. 한국인의 경제적 수준은 타국민에 비해 높은 데도 불구하고, 왜 이렇게 불행한 걸까?

우리의 교육환경이 불행한 현실을 만들어 내는데 한 몫하고 있다. 학교에 가면 시험을 위한 공부만 가르치기 바쁘다. 학업 성적으로 갈 수 있는 대학을 정해놓고, 치열한 점수 경쟁을 부추기고 있다. 이런 흐름에 따라 학부모는 조기교육을 시키고 방과 후엔 사교육을 시킨다. 아이들은 매일 아침 일찍 집을 나갔다 들어오면 잘 시간이 된다. 학생이란 이유로 수년간 오로지 공부만 붙들고 있어야 한다. 좋은 대학에 가기 위해서 말이다. 심지어 자신이 원하는 목표가 아니라, 부모가 원하는 목표인 경우가 대다수다. 나중에는 부모의 목표를 자신의 목표로 착각하게 되는 지경에 이르곤 한다.

좋은 대학에 가면 좋은 삶이 펼쳐지겠거니 기대했겠지만, 현실은 어떠한가? 일류 대학에 진학했지만, 취업을 못해서 괴로워하는 이도 수두룩하다. 많은 사람들이 부러워하는 고액 연봉의 일자리를 얻었지만, 정작 일하는 게 괴롭기만 한 사람도 많다. 돈을 아무리 많이 준다 한들, 한숨만 나오는 일을 얼마나 오래 할 수 있을까? 돈은 더 즐겁게 살아가기 위한 수단이지, 인생의 목표가 아니다. 돈 때문에 어쩔 수 없이 일을 하는 건, 돈을 위해 삶의 만족과 행복을 희생시키고 있는 행위다. 학교에서는 시험을 위한 공부만 가르칠 게 아니라, 자기 자신에 대해 탐구할 수 있도록 이끌어줬어야 했다. 그래야 성인이 되

어서도, 각자 삶의 의미를 찾고 인생을 행복하게 살아갈
수 있는데 말이다.

나는 내 삶의 목적을 모른 채로 살았다. 그저 남들이
하는 대로 똑같이 따라 하기 바빴다. 성적에 맞춰 취업이
잘되는 대학에 갔고, 졸업 후엔 직장을 구했다. 일을 하
면서 몇 푼 안 되는 결혼 자금을 모았고, 1년 뒤에 결혼
해야겠다고 계획하고 있었다. 그 계획마저도 주변 친구
들이 하나둘 결혼하기 시작하니까 따라 한 것이었다. 또
한 장남이었기에 부모님과 친척의 결혼 압박도 당연히
있었다. 결국 1년 뒤쯤에 하겠다고 말했다. 아마 그 결정
을 번복하지 않았다면, 이렇게 글을 쓰고 있는 나는 없
었을 것이다. 갑자기 떠오른 생각은 나를 구원해 주었다.
남들 따라 사는 인생에 대해 의문이 든 것이다.
　'나는 행복하고 싶어. 그런데 내가 지금 따라가는 이들
이 행복한 거 같아?'

나는 잠시 멈춰 주위를 둘러보았다. 안정된 직장을 얻
고, 좋은 사람을 만나 결혼하고, 가정을 꾸리면 행복할
수 있다는 사람들. 그리고 그렇게 살고 있는 사람들. 나
는 그들의 얼굴에서 조금의 행복도 볼 수 없었다. 책임져

야 할 가족은 늘어나고, 결혼한다면서 여기저기서 끌어온 대출까지. 매일 경제적으로 쫓기며 어쩔 수 없이 일을 하는 삶. 아무리 열심히 일해도 끝이 보이지 않는 그런 삶. 전혀 행복해 보이지 않았다. 이것은 내가 원하는 삶과 정반대의 삶이었다. 왜 그렇게 살아야 하는 걸까?

뒤늦게 깨달았다. 어떻게 살고 싶은지 명확한 게 없으니, 아무 의미도 없는 노력만 했다는 걸. 나는 쳇바퀴를 열심히 돌리고 있는 햄스터와 다를 바가 없었다. 쳇바퀴라는 작은 세상 안에서 아무리 열심히 발을 굴리며 돌려봤자, 결국 도달하는 건 쳇바퀴 안이었다. '뭐야, 왜 아직도 여기지?'하는 의문에 전보다 2배나 더 빠르게 돌렸다. '이쯤이면 됐겠지?'. 하지만 역시나 또 제자리였다. 대체 나는 무엇을 위해 열심히 공부를 하고 일을 한 것인가. 헛되이 보낸 시간이 아까웠다. 조금만 더 일찍 주변을 둘러봤다면, 그리고 갈 곳을 확실히 정했다면 더 좋았을 텐데.

우리는 더 이상 바쁘게 열심히 사는 것에 의미를 두어선 안 된다. 내가 원치 않는 길로 가고 있는데, 열심히 하는 게 무슨 의미가 있을까? 아무리 빨리 쳇바퀴를 돌려도 결국 쳇바퀴 안이다. 쳇바퀴 안에서 뛰는 게 아니라, 쳇바퀴를 벗어나야 원하는 곳에 도착할 수 있다. 우리는 매일 잠깐의 틈을 내어 스스로를 알아가야 한다. 내가 어디로 가고 싶은지, 무얼 좋아하는지 무얼 잘할 수 있는지 말이다. 그래야 내가 정말 원하는 인생을 살 수 있다. 사실 행복은 거기에 있다.

몸 건강 이전에, 마음 건강 먼저

"환자분, 하기 싫어도 해야죠. 이렇게 해선 절대 좋아지지 않는다고요!"

수십 명의 치료사와 환자들이 북적이는 치료실에서, 나는 의욕이 없는 환자에게 소리치며 말했다. 그날따라 유독 치료실엔 정적이 흘렀다. 들리는 건 오로지 내 짜증 난 목소리뿐. 하지만 이런 열화에도 불구하고, 그는 자신의 현재 상황을 망각했는지 되려 역정을 냈다.

"이거 놔! 집에 갈 거야!"

앉은 자세를 유지하지 못하는 분이었기에, 나는 잡은 손을 놓을 수 없었다.

"좋아요 그럼, 집에 어떻게 가실 거예요?"

그는 투덜대며 말했다.

"걸어서 가면 되지, 뭘 어떻게 가?"

앉지도 서지도 못하는데, 걷는다니. 정말 답답했다.

"하…. 지금 걷질 못하는데 어떻게 걸어서 가겠다는 거예요?"

환자는 내 말에 발끈했는지 소리를 지르기 시작했다.

"내가 왜 못 걸어? 알아서 할 테니까 그냥 좀 내버려 둬!!"

할 말을 잃었다. '이렇게까지 하면서 치료해야 하나?' 내가 스스로 움직여야 한다고 열을 올렸던 이유는 이랬다. 뇌졸중 재활은 새로운 신경연결을 만들어 내는 게 핵심이다. 그러기 위해선, 스스로 조금씩이라도 움직여야만 한다. 부모가 아이의 공부를 대신 해준다고, 아이의 머리가 똑똑해지는 게 아닌 것처럼. 매일매일이 사투였다. 그냥 아픈 곳을 주물러주기만 하라는 사람, 아프니까 건들지 말라는 사람. 욕하고 주먹을 휘두르거나, 면전에 침을 뱉는 사람, 자신의 상태를 인지하지 못하고, 돌발행동을 해 낙상하는 사람. 이런 다양한 사람들을 움직이도록 만들어야 했으니까.

하고 싶어하지 않는 사람에게, 하라고 강요하는 것이 과연 의미가 있을까 하는 의문이 들었다. 그들은 자신의 삶이 한순간에 무너져 버렸다는 사실 하나만으로도 이미 벅차고 괴로운 상태였다. 그 무게를 감당할 수 없어, 현실을 부정하고 있는 걸지도 모른다. 그런데도 나는 신체적인 부분에만 집중하며, 움직여야 한다고 말하고 있었다. 자발적이 아닌, 타인의 강요에 의해 하는 행동은 그리 오래가지 못하는데 말이다. 그동안 환자의 심리적인 부분을 과소평가해 왔다는 사실을 뒤늦게야 깨달았다. 치료사의 이런 강압적인 요구들은 환자들에게 분명 스트레스를 줄 게 뻔했다. 불안정한 마음 상태가 오래 지속될수록, 몸이 망가지기 시작한다는 것을 나는 이미 경험을 통해 알고 있었다.

그동안 환자와 무의미한 신경전과 다툼을 많이 하곤 했다. 재활에 있어 마음의 상태도 중요하다는 사실을 깨달은 이후로 나는 결심했다. 이젠 더 이상 싸우지 않겠다고. 환자의 희망을 함부로 꺾지 않겠다고. 내 치료 시간 만큼이라도 평온한 마음을 가질 수 있게끔 해야겠다고 말이다. 내 담당 환자였던 한 할머니는 반복되는 일상에 점점 무기력해지고 있었다. 사실 환자들은 자기의 이야기를 털어놓을 데가 별로 없기에, 쉽게 우울감에 빠지고 무기력해진다. 이런 사정을 잘 알고 있던 나는, 이곳에서라도 언제든 편하게 이야기하시라고 했다. 그러자 그분은 종종 내게 솔직한 마음을 털어놓곤 했다.

"선생님, 나 집에 가고 싶어. 지루해서 못 견디겠어."

"오늘은 운동하기가 싫어. 몸이고 마음이고 너무 힘들어서…."

이런 마음속에 담아둔 이야기를 할 때마다, 귀를 쫑긋 세워 진심으로 공감했다. 남들은 이런 대화들이 치료 시간을 낭비하는 거라고 생각했다. 하지만 내 생각은 달랐다. '이게 어떻게 낭비야? 이것만큼 중요한 게 어딨다고.' 진심이 담긴 대화는, 아픈 마음을 치유하는 하나의 방법이라고 믿었기에. 나는 남들의 시선에도 아랑곳하지 않고 꿋꿋하게 소신을 밀고 나갔다. 마음을 바꾸면 행동도 바뀐다는 말은 사실이었다. 무기력하고 힘든 마음을 인정해 주고 수용해 주자, 할머니는 언제 그랬냐는 듯 활력을 되찾았다. 그리곤 치료에 다시 열정적으로 참여했다.

화를 내고 다그치면서 어떻게든 운동을 시키려던 내 오랜 노력이 무색해졌다. 환자들의 마음을 돌보며 스스로 참여할 마음이 생기도록 하는 게 훨씬 효과가 좋았기에. 나는 할머니의 몸이 점점 좋아지고 있는 걸 느꼈다. 끄떡도 하지 않던 팔이 조금씩 움직여지는 걸 보며 우리는 희망을 보았다. 그분은 무기력했던 과거와는 달리, 한껏 밝은 표정을 하고 있었다. 나는 할머니와 치료하는 기간만큼 최선을 다했고, 그렇게 마지막 날이 되었다. 그녀는 웃으며 작별 인사를 해주었다.

"그동안 고마웠어요. 쌤은 뭘 하든 잘할 거야."

순간 눈물이 날 것 같았지만, 애써 웃는 얼굴로 작별 인사를 했다. 몇 년이 흐른 지금도 가끔 그분이 생각나곤 한다. 만약 내가 그 할머니의 마음을 무시한 채, 재활 운동에만 집중했다면 과연 좋아질 수 있었을까? 보호자나 치료사는 환자의 신체에만 집중하는 경우가 대다수이다. 그래서 더더욱 환자들은 우울감에 빠지고 무기력해진다. 애초에 환자가 재활을 받는 이유는 무엇일까? 다시 건강을 되찾고 행복한 삶을 이어가기 위해서가 아닐까? 그렇다. 결국 행복한 삶이 목표고, 몸의 회복이 그 수단이다. 환자의 마음은 무시한 채 신체의 회복에만 신경 쓰는 건, 수단이 목표가 되어버린 것과 같다.

30년간의 한 연구에 따르면 미래의 좋은 일들에 초점을 두는 이들이 '안정적인 감정 상태' 덕분에 일상 활동에 문제를 덜 느꼈고, 고통을 덜 느끼고, 더 침착하고 활기차며, 더 행복하고 사회활동도 수월하게 했다고 한다. 심리학자 윌리엄 제임스는 말했다.

"우리 세대의 가장 위대한 발견은 인간이 마음가짐을 바꿈으로써 삶을 바꿀 수 있다는 사실이다."

우리는 마음을 돌봄으로써 마음가짐을 달리할 수 있고, 그로 인해 행동을 바꿀 수 있다. 행동이 바뀌면 삶이 바뀌는 건 명백한 사실이다. 하지만 몸에 좋다는 것들은 이것저것 다 챙기면서, 마음의 건강은 그만큼의 관심을 두지 않는 현실이 약간은 안타깝기도 하다. 마음은 눈에 보이진 않지만, 우리 삶의 대부분에 영향을 끼칠 만큼 정말 중요하다. 사실 나는 이렇게 말하고 싶다. 인생은 마음가짐이 전부라고 해도 과언이 아니라고.

불평만 하다 인생 마감할 뻔했다

"지금 하는 일에 만족하세요?"

이 질문에 자신 있게 'Yes'라고 대답할 수 있는 사람이 얼마나 될까? 똑같은 일을 하면서도 어떤 이는 만족하기도 하고, 또 다른 이는 불평하기도 한다. 나는 후자였다. 재정적 상황, 업무환경, 가정환경 등 모든 면에서 불만을 품었다. 그런다고 해서 상황이 바뀌기라도 하던가? 아무런 변화도 시도하지 않으면서, 불평만 하는 건 바보 같은 짓이었다.

다니고 있는 일터가 마음에 들지 않았다. 하지만 내가 하는 거라곤, 오직 불평뿐이었다. 주변 동료들도 마찬가지였다. 사실 불만이 나오지 않는 게 이상할 정도다. 우리는 점심시간을 제외하곤 쉴 틈 없이 일해야 했다. 마치 공장에 있는 기계와 다를 바가 없었다. 하물며 기계도 오래 돌리면, 발열이 생기고 성능 저하가 일어나는데 사람은 오죽할까. 이런 상황에서 병원장은 요즘 치료에 대한 컴플레인이 많이 들어온다며 우리를 질책했다.

"요즘 선생님들은 예전 선생님들만큼 열정이 없는 거 같네요?"

공부를 열심히 해서 치료의 퀄리티를 올리라는 압박이었다. 뭐? 죽어라 일만 시켜놓고선, 열심히 공부하라고? 쓴웃음만 나온다.

결국 퇴근 후에 지친 몸을 이끌고, 카페로 향했다. 거기서 저녁을 간단히 때우고, 2시간 정도 공부를 하다가 집으로 왔다. 하지만 공부해야 할 범위는 너무나 넓었고, 상대적인 시간은 부족했다. 하지만 어찌할 방법이 없었다. 나는 악으로 깡으로 견디며 공부했다. 아침 9시부터 6시까지는 치료를. 저녁 7시부터 9시까지는 공부를 했다. 매일 녹초가 되어 귀가했다. 한 달이 지났을까? 결국 번아웃이 왔고, 나는 속으로 그 원장을 실컷 욕했다.

"미친놈. 이걸 어떻게 계속하라는 거야."

불만은 끝없이 치솟았다. 하루에 30분이라도 여유를 쳤으면 좋겠다고 생각했다. 하지만 그럴 일은 없었다. 치료사가 40명인데, 각자 30분을 빼면, 치료 40개가 빠진다. 병원을 운영하는 입장에서는 손해인 것이다. 그러니 절대 빼줄 리가 없다. 어떻게든 치료 하나라도 더 쥐어짜내려고 하는 사람이기에. 결국 이런 시스템에 지쳐서 떠나는 동료들이 매년 생겨났다. 나도 같이 떠나고 싶었다. 하지만 용기가 나지 않았기에, 꾹 참으며 계속 다닐 수밖에 없었다.

그러던 어느 날, 주말에 잠시 숨을 돌리며 책을 읽다 이런 구절을 발견했다.

"같은 일을 하더라도, 내가 어떤 의미를 두고 일하는지에 따라 보람과 결과는 하늘과 땅 차이이다."

이 사소한 문장 하나가 깊은 깨달음을 가져다주었다. 나는 늘 내 일의 단점에만 집중하고 있었다. 정말 내가 하는 일의 장점이 단 하나도 없을까? 어쩌면 없을지도 모른다. 그러면 버틸 게 아니라 얼른 나와야지. 나는 단점이 아닌, 장점을 찾아보기로 결심했다. 그렇게 찾은 장점은 대단한 건 아니었다. 첫째는, 사람들을 직접적으로 도울 수 있고, 제2의 삶을 선물하는 일이라는 점. 그래서 보람이 있다는 것. 둘째는, 내가 근무하는 곳은 치료하는 방식에 대한 강요가 없어서, 비교적 자유로운 편이라는 점. 나는 이런 장점들을 생각하며, 이 불합리한 구조 속에서도 의미를 찾으려고 애썼다.

덕분에 오랜 기간 견뎌낼 수 있었다. 그때 알았다. 나는 환자들이 좋아지는 모습을 보면서 기쁨을 느낀다는 걸. 환자들을 얼른 낫게 만들기 위해서, 더 열심히 공부했다. 전처럼 어쩔 수 없이 하는 게 아니었다. 순전히 자발적으로 한 일이었다. 이상하게도 번아웃이 오는 일도 없었다. 그렇게 돈 때문에 어쩔 수 없이 일하던 나에서, 나름의 의미를 찾아 즐겁게 일하는 나로 바뀌었다. 바뀐 건 환경이 아닌 내 관점일 뿐인데, 기분이 달라지기 시작했다. 그렇게 2년을 불태웠다.

하지만 결국 한계에 다다랐다. 내 열정만큼 따라와 주지 않는 많은 환자들. 지쳐가는 내 몸과 마음. 나는 환자들이 낫는 데에 모든 걸 쏟았지만, 이젠 더 이상 나아갈 수 없는 상태가 되었다. 좋아지는 사람도 분명 있었지만, 그러지 못한 사람들이 훨씬 많았기에. 이건 내가 아무리 실력을 키워도 극복할 수 없는 벽이었다. 의욕이 없는 사람들을 나 혼자 끌고 간다고 되는 게 아니었다. 그들의 문제를 해결해 주지 못하는 이 상황이 너무나 답답했고, 자괴감이 들었다. 그렇게 지금이 이곳을 떠나야 할 때라는 걸 직감했다.

내가 만약 불평만 하면서 아무것도 하지 않았다면, 뭐 하나 바뀐 게 있었을까? 최선을 다한 덕분에 그만둘 용기가 생겼다. 이제는 퇴사하더라도 미련이 남지 않겠다는 생각이 들었다. 5년간 몸담았던 직장을 그제야 맘 편히 나올 수 있었다. 할 만큼 했으니까. 미국의 시인 마야 안젤루는 말했다.

"당신이 마음에 들지 않는 게 있다면, 그것을 바꾸세요. 만약 그것을 바꿀 수 없다면, 불평하지 말고 당신의 태도를 바꾸세요."

우리는 자꾸만 단점에 집중하며 불평하곤 한다. 5가지의 장점이 있어도, 1가지 단점을 보면서 말이다. 하지만 불평은 어떤 해결책도 가져다주지 않는다. 내 직장이 마음에 들지 않는다면, 불평할 게 아니라 해결을 해야한다.

왜 불평하면서 계속 그 자리에 있는가? 남아있을 이유가 없다면, 떠날 준비를 해야 한다. 그게 힘들다면, 장점에 집중하며 의미를 발견해야 한다. 불평은 백해무익하고 자기 파괴적인 습관이다. 우리에게 주어진 유한한 시간을, 자기를 파괴하는 데에 낭비할 이유는 없다. 단 하나도.

퇴사하고 싶지만 실업자는 싫어

"진짜 퇴사하고 싶다."

직장인이라면 누구나 한 번쯤은 해봤을 그 말. 나 또
한 입사한 지 얼마 되지 않았지만, 퇴사하고 싶은 마음
이 스멀스멀 올라왔다. 나만 이런 걸까? 같이 일하던 동
료들을 붙잡고, 퇴사할 생각 없냐고 물었다. 열에 아홉은
당연히 있다고 답했다. 그래, 그런 생각이 안 드는 게 이
상한 거지. 쉴 틈 없이 반복되는 업무에 지칠 대로 지쳤
다. 하루에 수십 명의 환자들을 상대하면서 쌓인 스트레
스를, 우리는 술자리로 해결했다.

"오늘은 뭘 먹어야 잘 먹었다고 소문이 나려나~"

결국 단골집으로 발길을 향했다. 우리는 직장에선 한

번도 볼 수 없던 미소를 지으며, 서로의 술잔을 채워주었
다.

"좋다! 한잔하니까 스트레스가 쓱 내려가는 거 같네."
"진짜로요. 이런 자리도 없었으면, 진작에 퇴사했을걸
요?"

퇴사하고 싶단 말은 술자리에서의 단골 멘트였다. 하지
만 그렇게 퇴사를 외치기만 했을 뿐. 우리는 3년. 아니 5
년이 지나도 그만두지 않았다. 퇴사라는 단어를 수백 번
입에 올리면서도, 못하는 이유는 무엇이었을까? 이유야
사람마다 다르겠지만, 나에겐 그만두는 순간 고정수익이
끊겨버린다는 것이었다. 고정수익이 끊기면, 월세와 식비
를 감당할 능력이 없어지니까. 지낼 곳이 없어서 길거리
에 나앉는 건 아닐까? 굶어 죽는 건 아닐까? 하는 걱정
이 들었다. 그런 불안함은 퇴사하고 싶단 생각을 단숨에
없애버렸다. 이 직장은 정말 아닌 거 같아도 어쩔 수 없
었다. 퇴사하고 싶지만, 노숙자가 되긴 싫었으니까.

업무 스트레스를 해소하기 위한 가장 좋은 방법은 술
자리가 아니다. 우선 일 자체에서 벗어나는 것이다. 하지

만 일을 하지 않는다는 건, 우리에게 상상하기 어려운 일이다. '일을 하지 않는 사람' 사회에선 그런 이들을 '백수', '실업자'라고 부른다. 퇴사하는 순간 이러한 꼬리표가 붙는다. 실업자가 되기를 원하는 사람은 없다. 한국에서는 흔히 안부 차 이런 질문을 한다. "일은 계속 잘 다니고 있지?" 일을 안 하고 있다고 하면, 돌아오는 답은 늘 비슷했다. "왜? 그러면 이제 뭐 하려고?" 이런 질문만큼 부담스러운 게 또 있을까.

나이가 몇이든, 일을 잠시 그만두고 휴식기를 가져도 괜찮다. 실업자로 불리면 뭐 어떠한가? 무작정 놀겠다는 것도 아니고, 더 나은 인생을 위해 잠시 재정비하는 건데. 그것 또한 자신이 인정하지 않으면 그만이다. 일을 쉰다고 해서 당장 길바닥에서 구걸하는 삶을 살지도 않는다. 그런 생각이 드는 건, 인간이 자연스럽게 느끼는 생존 본능 때문이다. 생존. 우리는 이런 본능적인 욕구 때문에 지금까지 잘 살아남을 수 있었다. 그러나 이제는 오로지 살아남기 위해 애쓰던 시대는 지났다. 날카로운 이빨을 드러내며 여기저기서 나타나는 맹수들을 걱정할 필요도, 먹을 게 없어서 걱정할 필요도 없어졌다. 경제적 수준이 그만큼 성장했다는 의미다. 그럼에도 불구하고,

우리의 의식 수준은 아주 먼 옛날에 머물고 있다. 오직 안전만을 추구하는 본능적인 행동을 멈추어야 한다. 우리는 생존(Survive)에 목맬 것이 아니라, 의미 있게 살아가는 것(Live)에 집중해야 한다.

안전한 곳을 두고, 새로운 도전을 하는 게 망설여질 수도 있다. 하지만 직장에 머무르는 것이 과연 안전할까? 이제는 한 직장에 오래 머물며 경력만 채우는 것으론, 경제적 안정이 보장되지 않는다. 오래 근무했다는 이유로 직장이 나를 책임져 줄 거라고 생각한다면, 크나큰 착각이다. 승진해서 부장, 과장이 된다 해도, 머지않아 은퇴 시기가 온다. 혹은 그렇지 않다고 해도, 해고당할까 봐 전전긍긍하며 하루를 보내야 한다. 평생 몸담았던 직장에서 나오게 되면, 그때는 무엇을 할 것인가? 결국 혼자서도 가치 창출을 할 수 있어야만 생계를 이어 나갈 수 있다. 50대가 되어서 위험을 감수하며 새로운 도전을 하는 것보단, 한 살이라도 젊을 때 도전하며 많은 경험을 쌓는 게 훨씬 이득이다.

퇴사하고 새로운 일을 시도하면, 실패할까 봐 그만두지 못하는 경우가 많다. 실업자가 될까 봐 걱정이 앞선다. 첫 시도에 잘되기란 당연히 어렵다. 간단한 자전거 타기도 여러 번 넘어지고 나서야 잘 탈 수 있다. 일 또한 여러 번 부딪혀 봐야 잘 해낼 수 있다. 해보기도 전에 이것저것 계산하면 아무것도 못 한다. 누구나 실수를 한다. 실패의 경험을 통해 배우고, 더 성장하는 것이 인간이다. 그냥 일단 시작하자. 시도하는 데에 많은 돈이 드는 것도 아니기에.

일하면서 너무 고통스럽고 괴롭다면 일단 멈춰야 한다. 심신의 안정보다 더 중요한 게 있을까? 실업자라는 말을 듣지 않는 게 중요할까? 돈을 모으는 게 더 중요할까? 그런 것들은 죽음에 가까워지면 아무것도 아니다. 가장 중요한 건 내 몸과 마음이다. 생계를 이어 나갈 수단은 얼마든지 많다. 자신에게 맞지 않는 옷을 입고, 불편과 괴로움을 감수할 필요가 있을까? 이 세상엔 다양한 특색의 옷들이 널리고 널렸다. 무조건 퇴사를 권장하는 게 아니다. 다만, 한 번쯤은 진지하게 고민해 봐야 할 필요가 있다는 뜻이다. '내가 평생 이 일을 하면서 살 수 있을까?', '이 일이 나에게 어떤 의미가 있지?' 이게 나에게 맞는지 아닌지를 알아야, 그만둘지 말지를 결정하기 쉽다. 인생은 생각보다 길다. 아직도 많이 남았다. 원치 않는 일을 하며, 앞으로 40년을 버틸 수 있을까. 남들이 뭐라 하든, 우리는 우리의 인생을 지켜내야 한다. 그들이 내 인생 대신 살아주는 것도 아니니까.

한계는 스스로 정한 허상이다

"이제 더 이상은 안돼."

헉헉. 나는 숨을 헐떡이며 그 자리에 주저앉았다. 고작 5분을 뛰었을 뿐인데 말이다. 끈기라는 게 존재하긴 하는 걸까. 조금만 힘들어도 냅다 포기해 버리는 나였다. 뭐만 하면 더는 한계라고 내뱉으며. 한계. 이 한계라는 건, 대체 누가 정하는 걸까? 나는 스스로 정한 한계로 완전히 둘러싸여 있는 사람이었다. 하지만 그것을 완전히 부숴버린 건, 다름 아닌 내 직장이었다.

팔다리를 움직이지 못해 누워만 있는 사람들, 인지 능력이 떨어져서 정신이 오락가락하는 사람들, 심지어 음식을 삼키지 못해 콧줄로 식사를 하는 사람들. 이런 사람들을 다시 사회로 돌려보내는 것. 그것이 나의 업무였다. 장애는 선천적으로 갖고 태어나는 거라고 믿고 있었다. 첫 직장은 그 믿음이 완전히 잘못되었다는 걸 알려주었다. 충격적이었다. 환자들도 사실 몇 달 전까지만 해도 우리와 같은 평범한 사람이었다는 사실이 말이다. 너무나 당연하게 해왔던 일들을 이제는 할 수 없다는 것, 혼자서 할 수 있는 게 아무것도 없다는 것. 얼마나 절망스러울까? 직접 겪어보지 않고서는 그 심정을 제대로 알 수 없을 거 같았다.

50세쯤 되어 보이는 한 환자분이 입원했다. 걸을 수도 없을뿐더러, 앉아있을 수도 없었다. 한쪽 팔과 다리는 마비가 되어 움직이지 않았다. 얼굴엔 근심과 절망이 쓰여 있는 듯했다. 갑작스레 찾아온 뇌경색에 삶의 의미를 잃어버린 것이다. 그런 그에게 나는 위로의 한 마디를 건넸다.

"아버님, 기운 내셔요! 몸이 마비되었다고 끝난 게 아니에요."

그는 긴 한숨을 내쉬며 말했다.
"정말로 제가 좋아지긴 할까요?"

나는 나름의 근거가 있는 희망을 전했다.

"물론이죠! 우리의 뇌는 언제든 변할 수 있으니까요."

그가 안도의 한숨을 쉬며 대답했다.

"이제 진짜 끝난 줄만 알았어요. 정말 감사합니다 선생님!"

다시 돌아갈 수 있다는 희망 덕분인지, 그분의 눈가는 촉촉해졌다. 캄캄한 잿더미 같았던 안색은 한껏 밝아졌다. 뇌졸중 재활은 장기전이다. 하지만 이제 그에겐 반드시 집으로 돌아가겠다는 강한 의지가 있었다. 결국 그 환자는 6개월 만에 회복에 성공하고 일상으로 돌아갔다. 누구의 도움 없이도 주체적으로 살아갈 수 있다는 사실에 기뻐하며. 만약 그가 '이젠 끝났다'고 생각하며 한계를 정했다면, 10년이 지나도 나아지지 않았을 것이다. 실제로도 나는 5년을 근무하면서, 시작부터 끝까지 얼굴을 본 환자들도 꽤 있었다. 대체로 의욕을 상실한 환자들이었다.

환자들을 치료하며 깨달았다. 자신의 한계를 단정 짓고 포기해 버린다면, 아무 일도 일어나지 않는다는 걸. 이것은 단순히 환자에게만 해당하는 게 아니었다. 나를

157

포함한 모든 사람에게 해당하는 말이었다. 이 일을 하면서 깨달은 게 하나 더 있다. 바로 신경 가소성의 존재다. '머리와 재능은 타고난다'는 오래된 믿음을 산산조각 내버린 그것. 우리의 뇌는 가소성이라는 특성을 가지고 있기에, 마비되어 기능을 상실하여도 다시 회복할 수 있는 것이다.

'새로운 자극이 뇌의 구조에 변화를 일으킨다'는 이 개념은 꽤나 충격적이었다. 일생동안 뇌의 구조가 변한다는 건, 타고난 능력은 그리 중요하지 않다는 의미이기도 하다. 나이가 몇이든 우리는 달라질 수 있다는 것이다. 나는 재활병원에 근무한 덕분에, 두 눈으로 직접 볼 수 있었다. 60세, 70세에도 마비로 잃어버린 능력을 되찾고, 집으로 복귀하는 것을. 나는 그동안 얼마나 많은 한계들을 스스로 만들어 놓고, 그 안에 갇힌 채 살아왔던가? 중장년도 이렇게 할 수 있는데, 아직 한창 젊은 나는 왜 안 된다고 생각했을까? 그날 나는 환자에게만 적용해 왔던 신경 가소성의 원리를, 나 자신에게도 적용해 보기로 결심했다.

그렇게 처음 시작한 것이 운동이었다. 나는 아주 왜소

한 체격을 가지고 있었고, 운동 신경도 좋지 않았다. 달리기도 느렸고, 힘도 약했고, 몸도 뻣뻣했다. 하지만 여기저기 운동법들을 찾아보면서 배우고 실행했다. 결국 1년 만에 왜소함을 극복하고, 건강한 몸으로 변화할 수 있었다. 헬스, 러닝, 복싱, 요가까지. 종목을 가리지 않고 다 도전했고 결국 잘하게 되었다.

'나도 되는구나!'

그다음은 독서였다. 책과는 평생 담을 쌓아왔던 탓에, 이해를 잘 못하고 읽는 속도도 너무 느렸다. 책 한 권을 완독하는 데 30시간은 걸렸다. 그럼에도 포기하지 않았다. 처음에는 잘 안되더라도, 결국 능숙해질 거라는 걸 알았기에. 며칠이 지나자, 속도가 점점 붙기 시작했고, 책에 대한 흥미도 생기기 시작했다. 지금은 책 한 권 읽는 데 2시간이면 충분하다. 전보다 무려 15배나 빨라진 것이다. 예전 같았으면 책 읽는 속도에 좌절하며, 분명 이렇게 말했을 것이다.

"에잇! 책도 아무나 읽는 게 아니네. 나는 안 되겠어."

글쓰기도 마찬가지였다. 나는 갑자기 글이 쓰고 싶어졌고, 무작정 글쓰기를 배우기 시작했다. 처음에 쓴 글들은 아주 가관이었다. 일기와도 다를 바 없는 글들. 그럼에도 포기하지 않았다. 매일 펜을 잡았다. 그런 행동들이 모여 결국 책까지 쓰게 되었다. 지금도 종종 내가 글을 쓰고 있다는 사실이 믿기지 않을 때가 있다. 과거에는 전혀 상상도 못 할 상황이기에.

이제는 안다. 사실 한계는 스스로 정한 허상일 뿐이라는 걸. 누구나 처음 하는 일은 서툴고 잘하지 못한다. 우리가 흔히 하는 실수는 겨우 한두 번 해보고선, 잘 안된다며 포기해 버리는 것이다. 사실 소질이 없는 게 아니라, 끝까지 붙잡고 늘어지지 않았기 때문인데 말이다. 우리의 뇌엔 한계가 없고, 우리에게도 한계는 존재하지 않는다. 모든 것은 꾸준히 하면 좋아질 수밖에 없다. 스스로 한계를 정하지만 않는다면 말이다.

워라밸이 '왜' 필요해?

우리는 정신없이 바쁜 세상에 살고 있다. 주변을 둘러보면 많은 사람들이 분주하게 움직이며, 바쁘게 살아가는 것을 볼 수 있다. 누구 하나 열심히 살지 않는 사람이 없는 듯하다. 정해진 시간에 출근하고, 쉴 틈 없이 일하다 점심을 먹고, 잠시 한숨을 돌린다. 하지만 금세 업무 시간이 된다. 다시 정신없이 일을 한다. 정시 퇴근을 하면 그나마 다행이다. 야근이라도 하는 날엔, 내 시간이 있긴 한 건지 의문이 든다. 이런 이유로 많은 이들이 여유로움을 갈망한다. 워라밸(Work & Life Balance)이라는 말이 유행처럼 번진 이유도, 일에 치여 정작 자신의 시간이 없는 현실 때문일 것이다.

나 역시도 너무 바쁘게 일만 하다 보니, 정작 나 자신을 돌볼 수 없었다. 매일 얼이 빠진 채로 일을 했다. 퇴근할 때쯤엔 녹초가 되어 아무것도 할 수 없었다. 맛있는 음식을 먹는 일을 제외하곤 말이다. 하지만 그런 것조차도, 위장에 남아있는 음식 말곤 아무것도 남는 게 없었다.

'나는 정말 이런 인생을 원했던 걸까?'

많은 고민 끝에 결국 일을 그만두었다. 그만두려는 이유를 묻자 나는 대답했다.

"마치 제가 기계가 된 기분이에요."

급여, 복지와 같은 건 다 제쳐두고, 내게 필요했던 건 약간의 여유였다. 단순히 놀고먹기 위해서가 아니었다. 일을 하는 것도 중요했지만, 나를 성장시키는 것도 중요했다. 처음에는 일을 하면서 자기 계발을 병행했었다. 그러나 갈수록 극심한 피로에 시달렸다. 과도한 업무로 인해, 내가 하고 싶은 것들을 할 시간이 없어졌다. 그때가 퇴사 적정기라는 느낌이 들었다.

퇴사한 뒤로, 하루 24시간을 어떻게 보낼지는 온전히 나의 선택에 달려있었다. 그 사실이 어떨 때는 큰 부담으로 다가왔다. 과거의 나였다면, 하루를 정말 헛되이 보낼 게 뻔했다. 유튜브, 넷플릭스, 게임, 술자리에만 몰두하며, 의미 없는 나날을 보내고 있었을 것이다. 그러나 나는 그때와는 전혀 다른 사람이 되어있었다. 지금은 한없이 주어진 여유로움 앞에서 마땅히 해야 할 일들을 한다. 쉼이 필요할 때는 언제든지 쉬면서 말이다. 원하는 것을 위해 매일 노력을 쏟지만, 전혀 힘들지 않았다. 누군가가 시켜서 하는 일이 아닌, 스스로 원해서 하는 일이었기에.

주체적인 삶을 산다는 건, 무엇보다 기쁜 일이었다. 이제서야 진짜 인생을 살아가는 기분이었다. 인생 전체를 돌아보면, 항상 어딘가에 소속되어 있었다. 아들, 학생, 군인, 치료사까지. 내게 부여된 직책에 따라 살아왔다. 정해진 룰과 스케줄에 따르면서 말이다. 단 한 번도 소속되지 않은 적이 없었다. 그러나 이제는 어디에도 속해있지 않은 자유의 몸이었다. 나는 직장을 다닐 때보다 훨씬 열심히 살았다. 애쓰지 않아도 자연스럽게 그렇게 되었다. 사실 새로운 도전을 즐기고 있었던 것이다. 성장하고 있었기 때문이다. 신기했다. 노력은 하는 게 아니라 자연스레 되는 것이었다. 이전까지 그토록 갈망했던 여유가 딱히 필요 없었다.

그 순간 깨달았다. 내가 여유로움을 원했던 이유는, 자기 성장을 위한 시간이 부족했기 때문이었다는 걸. 한 직장을 5년 다니면서, 성장이 멈췄다는 걸 느꼈고, 일의 흥미를 잃어버렸다. 그때부터 나는 워라밸을 찾기 시작했다. 성장에 대한 갈망을 채우기 위해, 퇴근 시간만 기다렸다. 그것으로도 모자라 결국 퇴사를 해버린 것이다.

"고작 책을 읽으려고 퇴사한다고?"

누가 보면, 책에 미친 사람처럼 보였을지도 모른다. 하지만 상관없었다. 어제보다 더 나은 사람이 되는 것. 그것이 곧 나의 행복이었으니까. 나는 하기 싫은 일을 하느라, 정작 삶에서 중요한 것들을 놓치는 게 죽기보다 싫었다. 그래서 새로운 것을 배우고 실행하기를 멈추지 않는다.

우리는 기본적으로 지금보다 더 나아지려고 하는 습성이 있다. 무기력한 상태에서 벗어나, 더 나아지길 바라는 보편적 욕구. 아기는 점차 자라면서 몸을 뒤집고, 기어다니고, 두 발로 서고, 걷는다. 아기는 누가 시키지 않아도, 더 나은 상태를 위해 끊임없이 도전한다. 수없이 넘어지더라도 말이다. 지금 이 글을 읽는 모두가 예외 없이 경험했던 일이다. 하지만 우리는 성인이 되면서 그런 본성을 억누르며 사는 거 같다. 인생이 더 나아지기를 원하지만, 지금의 상태가 편하다면서 가만히 있는다.

워라밸을 갈망하는 건 나쁜 게 아니다. 하지만 그렇게 얻은 여유시간에 무엇을 할 것인지가 가장 중요하다. 내가 그것을 왜 원하는지를 명확히 알아야 한다. 단순히 일하기가 싫어 도피하고 싶은 건지, 새로운 것을 배우고 더 성장하고 싶은 건지, 아니면 다른 어떤 이유에서인지 말이다. 일하기가 싫은 거라면, 일하지 않아도 수익이 들어오는 시스템을 구축해야 한다. 생계유지가 안 되는데 여유로울 수는 없는 법이니까. 그저 앉아서 여유로움만 바란다고 바뀌는 건 하나도 없다. 삶이 바뀌길 원한다면, 가만히 있어선 안 된다. 끊임없이 배우면서 능력을 끌어올려야, 그만큼 할 수 있는 게 많아진다. 이제는 결정을 내리자. 백날 여유가 필요하다고 말만 하면서 살 것인지, 아니면 행동으로 나서서 여유로움을 만들어 낼 것인지를 말이다.

4부

돈 걱정 없는 어른이 되고 싶어

서른, 돈 문제로 고통 받다

유독 나를 끝없이 괴롭히는 문제가 하나 있다. 바로 '돈'이다. 대체 이 종이 쪼가리가 뭐라고. 어딜 가든 돈 문제다. 선물을 하나 살 때도, 일을 구할 때도, 저녁 메뉴를 고를 때도 마찬가지다. 며칠째 먹고 싶은 음식이 있었지만, 값싼 다른 음식을 선택했다. 분명 불판에 구워진 노릇노릇한 삼겹살을 먹고 싶었는데, 입 안으로 들어가는 건 편의점 도시락 속 떡갈비였다.

돈은 모든 선택을 좌지우지하곤 했다. 정말 갖고 싶은 게 있어도, 가격 때문에 망설였다.

'이걸 사고 나면 생활비가 빠듯하겠는데….'

그 순간 매장 직원이 다가왔다.

"뭐 찾으시는 거 있으세요?"

"아…. 아니요! 그냥 천천히 둘러볼게요."

친절한 직원분이 가격만큼이나 부담스러워 얼른 돌려
보냈다. 나는 강박적으로 가성비를 추구하는 사람이었
다. 지금 버는 돈을 생각하면 사치라는 생각이 들었기에.
아이러니한 건, 그러면서도 돈을 잘 모으지 못했다.

26살이 되던 해, 나는 직장을 구하는 중이었다. 하지
만 치료사를 구하는 병원이 거의 없었다. 반쯤 포기하고
있을 때쯤, 한 곳에서 갑작스레 구인 공고가 떴다. 나는
그곳에 면접을 보고 바로 합격했다. 너무 들뜬 나머지,
당장 다음 주부터 출근할 수 있겠냐는 말에 '좋다'고 말
해버렸다. 본가에서 직장까지의 거리는 꽤 멀었다. 하루
라도 빨리 자취방을 구해야 했다. 하지만 당장 보증금과
월세를 낼 수 없는 상황이었다. 그렇다고 부모님께 손을
벌리기는 싫었다. 형편이 좋지 않다는 걸 알고 있었으니
까. 어떻게 할지 고민하던 나는, 결국 그것에 손을 대고
말았다. 신용카드. 우선 그걸로 돈을 마련하고 다음 달
월급으로 메꿀 생각이었던 것이다. 그렇게 별 탈 없이 문
제를 해결할 수 있었다. 이렇게 쉬운 일이었다니!

신용카드를 만들자, 경제적으로 여유로워진 느낌이 들곤 했다. 일단 지르고 다음 달에 내면 되니까. 당장 돈이 빠져나가는 게 아니기에, 겁 없이 돈을 쓰기 시작했다. 100만 원이 넘는 제품들도 12개월 할부를 하면, 한 달에 9만 원이 채 되지 않았다. 나는 조금의 망설임도 없이 질러버렸다. 한 달에 그 정도는 괜찮다며. 기다리던 월급날. 돈이 들어오자 기분이 좋았다. 그러나 그 기쁨도 잠시였다. 나는 멍하니 바라볼 수밖에 없었다. 방금 들어온 월급이 고대로 카드값으로 빠져나가는 것을. 수중에 가진 돈이 한 푼도 없었다. 걱정은 없었다. 내겐 신용카드가 있었으니까.

게임과 술자리에 돈을 펑펑 써댔다. 게임에 과몰입했던 나는, 돈을 써서라도 상대방과의 경쟁에서 이기고 싶었다. 남들에게 뒤처지지 않기 위해, 나오는 패키지마다 구매했다. 그렇게 쓴 돈만 1,000만 원이 넘었다. 게다가 나는 매일 술을 마셨다. 술을 마시는 순간 기분이 좋아지고, 온갖 걱정들을 잠시나마 잊을 수 있었다. 그렇게 고통스러운 현실을 술과 게임으로 도피하고 있었다. 이 2가지가 내 20대의 전부였다고 해도 과언이 아니다.

그러다 문득 현실을 정면으로 마주해야 할 때가 오곤 했다. 나는 연휴가 좋으면서도 싫었다. 어른들의 부담스러운 관심 때문이었다.

"이제 서른인데, 돈은 좀 모았냐?"

나는 멋쩍은 미소를 지으며 대답했다.
"글쎄요…. 돈이 잘 안 모이네요."

경제적인 문제는 마음을 무겁게 만들곤 했다. 왠지 모를 죄책감과 부끄러움이 동시에 찾아온다. 서른이 되었지만, 모인 돈이 없었다. 늘 제자리였다. 적금을 매달 꼬박꼬박 넣었지만, 그것은 1년 치 월세로 다 사라져 버렸다. 4년 동안 일을 했는데, 아무것도 남아있지 않다니.

이대로 계속 산다면 10년. 아니, 30년이 지나도 똑같을 게 뻔했다. 고작 이런 말이나 하고 있겠지.
"평생 일을 했는데도 돈이 없네."

머릿속에 내 미래의 모습이 그려졌다. 그것은 끔찍한 광경이었다. 방구석에 홀로 앉아 술을 마시고, 게임이나 하는 패배자의 모습이었다. 굳게 믿었었다. 열심히 일하면 좋은 날이 찾아올 거라고. 아니. 틀렸다. 그 좋은 날은 지금도, 앞으로도 절대 오지 않는다. 그랬다. 지금처럼 산다면, 내 인생에 좋은 날은 없는 거나 마찬가지다.

'휴…. 이대로는 안 돼! 근데 뭐부터 해야 하지?'

평생을 돈 걱정만 하면서 살고 싶진 않았다. 어떻게 하면 돈을 더 벌 수 있을까? 내가 배운 거라곤 그저 '좋은 직장을 가져라', '열심히 일해라'와 같은 뻔한 가르침뿐이었다. 항상 무언가를 배울 때, 그 분야의 전문가에게 조언을 구하곤 했다. 그게 가장 정확하고 빠른 방법이었기에. 하지만 돈에 대해선 그렇게 하지 않았다. 그저 주변 지인들의 조언을 따르기만 했던 것이다. 그들은 나와 나이만 달랐을 뿐, 경제적으로 비슷한 처지였는데 말이다. 그것은 그냥저냥 요리를 하는 사람에게, 어떻게 하면 요리를 잘할 수 있냐고 묻는 것과 다를 바 없었다. 정말이지 바보 같았다. 한 번도 돈을 많이 벌어본 적 없는 이에게, 어떻게 돈을 많이 버냐고 묻다니. 뒤늦게 깨달았다. 돈을 잘 벌고 싶다면, 돈을 잘 버는 사람에게 물어봐야 한다는 걸.

주변에 돈을 많이 버는 사람이 있으면 좋으련만. 안타

깝게도 내 주변엔 그런 사람은 없었다. 하지만 다른 곳엔 있었다. 그건 바로 책이었다. 지금껏 책이라 하면 소설이나 문제집만 있는 줄 알았다. 마냥 신기했다. 부자 되는 법이 담긴 책이 있다니. 게다가 저자는 빚만 10억이 있었는데, 부자가 되었다. '이게 가능하다고?' 아직 책은 읽지도 않았는데, 내 기대감은 점점 커지고 있었다. 어쩌면 나도 부자가 될 수 있지 않을까 하는 그런 기대. 나는 당장 실천할 수 있는 실용적인 내용을 바라며 책을 펼쳤다. 하지만 저자는 마음가짐에 대한 이야기만 늘어놓고 있었다. 베스트셀러길래 덥석 집었는데, 이거 완전 책을 잘못 산 게 분명했다. 실망스러웠다. 나는 머리를 감싸 쥔 채 분노했다.

"아니, 돈 잘 버는 방법을 알려달라니까!"

돈 버는 법을 알려달라고 했는데

'돈 버는 걸 알려주겠다면서, 왜 애꿎은 마음을 들여다 보라는 걸까?'

마음이 초조했다. 이 답 없는 인생을 하루빨리 갈아치 우고 싶었다. 정말 그럴 수 있기를 간절히 바랐다. 그래서 평생 하지도 않던 독서를 시작한 건데. 내가 원하는 내용 은 없었다. 읽으면 읽을수록 공감할 수 없었다. 하다 하 다 못해 이런 말도 적혀있었다.

"이제껏 당신이 돈을 잘 벌지 못한 건, 당신의 생각이 만들어낸 결과다."

극심한 거부감에 책을 다시 덮어버렸다.
'뭐 이런 미친 사람이 다 있어?'

속이 부글부글 끓어올랐다. 이런 말도 안 되는 주장을 펼치다니. 정말 이해할 수 없었다.

'부자는 개뿔, 그건 아무나 하는 게 아니지.'

나는 화를 식히겠다는 명분으로 시원한 맥주를 사 왔다. 그리곤 언제나 그랬듯이 게임을 켰다. 훌쩍 4시간이 흘렀다. 또다시 현실을 자각했다. 하루 만에 원래대로 돌아가다니. 자괴감이 들었다. 어제 보았던 내 미래의 모습이 떠올랐다. 마흔 살이 넘어서도, 방구석에서 게임만 하고 있는 패배자의 모습이.

'내가 미쳤지. 하루도 못 가서 이 지경이라니…'

경제적 압박감이 점점 숨통을 조여왔다. 나는 다시 한 번 마음을 단단히 먹었다. 아무리 생각해 봐도, 내가 돈을 벌지 않겠다고 생각할 이유는 없었다. 대체 저자는 무슨 의도로 그런 말을 한 걸까? 여전히 이해되지 않았다. 하지만 지금 할 수 있는 건, 이 방법뿐이었다. 구석에 던져놓았던 그 책을 다시 꺼냈다. 책을 펼치기 전, 나는 속으로 다짐했다. 극심한 거부감이 들겠지만, 일단 끝까지 읽어보자고.

분명 많은 사람들이 추천한 책인데도, 역대급으로 잘 읽히지 않았다. 다행인 건, 내가 끈기 하나만큼은 독한 녀석이라는 사실이었다. 돈에 쪼들리는 삶에서 탈출하겠다는, 그 일념 하나로 계속 나아갔다. 그렇게 무사히 완독하고선 또 다른 책을 집어 들었다. 이 책만큼은 다를 거라 기대했다. 그러나 그 책 역시 먼저 읽은 책과 별반 다를 게 없었다. 같은 사람이 썼나 싶을 정도로 말이다. 정말 실망스러웠다.

나는 씩씩거리며 서점으로 향했다. '경제/경영' 코너에 갔더니, 돈 관련 서적들이 진열되어 있었다. 그곳에 있던 여러 책을 훑어보다가, 기이한 사실을 발견했다.

'왜 부자들은 하나 같이 비슷한 말을 하는 걸까? 마치 그들만의 공식이 있는 것처럼.'

그들은 평범한 사람들과는 아주 다른 마인드를 가지고 있었다. 투자 기술, 사업전략과 같은 여러 방법 이전에, 더 중요한 게 있다고 말했다. '잘못된 사고방식과 마음가짐'을 바꿔야 한다는 것이었다. 나는 살면서 단 한 번도, 잘못된 생각을 가지고 있다고 느낀 적이 없는데 말이다. 하지만 경제적 자유를 이룬 사람들이 하나같이 그렇게 말한다는 건, 분명 이유가 있다는 뜻이었다.

그들의 조언을 따라 나 자신을 돌아보기 시작했다. '지금 내가 가진 믿음들의 출처는 어디일까?' 가족, 선생님, 친구 그리고 미디어. '그것들은 모두 검증된 사실인가?' No. 머리를 세게 맞은 느낌이었다. 검증된 사실이 아닌데, 왜 한 번도 의심하지 않았을까? 내가 지금 믿고 있는 것들이, 틀릴 수도 있다는 걸 왜 몰랐을까? 그랬다. 내 내면은 잘못된 생각과 믿음들로 가득 차 있었다. 저자들은 그것들을 들여다보라는 것이었다.

사람들은 늘 내게 말하곤 했다.
"돈은 원래 벌기 힘든 거야."
"부자는 아무나 되는 줄 알아?"
"사람은 분수에 맞게 살아야 해."

이런 말들을 자꾸 듣다 보니, 결국엔 믿어버렸다. 돈은 벌기 힘든 거라고. 그러니 나는 영원히 부유해질 수 없다고 말이다. 분명 진실이 아니었다. 그저 남들의 주관적인 생각일 뿐이었다. 그럼에도 그 말을 사실이라고 믿어버렸다. 돈을 벌기 힘들다고 믿는 사람이, 어떻게 돈을 많이 벌 수 있겠는가? 이것이 나의 내면에 존재하던, 잘못된 사고방식이자 믿음이었다.

우리는 자신의 가치관과 신념을 스스로 선택했다고 생각하지만, 사실은 정반대다. 그것들은 어릴 적 보고 듣고 배운 것들을 통해 자동으로 생겨난다. 아이는 부모의 거울이란 말이 있다. 아이들은 조금의 의심도 없이 부모의 모습을 따라 한다. 그렇게 정체성과 가치관이 만들어진다. 그리고 그것들은 마음속 깊은 곳에 새겨진다. 그곳이 바로 무의식이다. 무의식에 자리 잡은 생각들은 성인이 되어서도 쉽게 바뀌지 않는다. 평소에 쉽게 알아차릴 수 없기 때문이다. 이런 이유로 조상부터 시작해서 부모, 자식, 손자, … 끝없이 대물림된다. 더 무서운 건, 무의식이 우리의 행동 대부분을 지배한다는 것이다. 심리학자 칼 융은 말했다. 무의식을 의식적으로 알아차리지 않으면, 무의식에 휘둘리는 삶을 살게 된다고.

이게 다 무슨 말인가 싶을 수 있다. 안다. 나도 그랬으니까. 결국 내가 여기서 하고 싶은 말은 이거다. 우리가 지금 갖고 있는 믿음들 중 일부는 조상들로부터 대물림되어 온 산물이라는 것이다. 거기엔 아주 많은 오류가 있고, 지금 시대에 들어맞지 않는 것들이 많다. 그런데 우리는 그 사실을 모른 채, 무의식의 꼭두각시처럼 살고 있다. 만약 눈앞의 현실이 만족스럽다면, 무의식이 어떻든 무슨 상관이 있을까? 하지만 그게 아니라면, 자신의 내면을 살피고, 잘못된 믿음들을 제거하고, 새로이 나아가야 한다.

부족한 자와 부유한 자의 유일한 차이

'왜 난 이렇게 결점투성이일까?'

20년이 넘도록 믿고 있었다. 나는 모든 면에서 수준 미
달이라고. 그 부족한 점들을 조금이라도 메우기 위해 노
력했다. 그러나 오래가지 않았다. 변화는 항상 낯설고 불
편한 것이었기에. 내 오랜 습관들은 격렬하게 저항했다.
변화를 시도할 때마다, 내 머릿속에선 이런 목소리가 들
려왔다.

"너 수십 년 동안 이렇게 살았어. 어차피 안 된다니
까?"

나는 그 말에 고개를 끄덕였다.
'하긴, 내가 무슨 부귀영화를 누리겠다고.'

인생 좀 다르게 살아보겠다는 내 계획은 너무나도 쉽게 바스러지고 말았다. 그렇게 수십 번을 원래대로 돌아가곤 했다.

'왜 이렇게 변화는 어려운 걸까? 내가 문제인 걸까?'

머리를 감싸 쥐고 괴로워하다 문득 주변을 둘러보았다. 정말 나만 이런 건지, 남들도 다 그런 건지 궁금했다. 다른 사람들도 나와 별반 다르지 않았다. 그 사실 덕분인지 마음이 한결 가벼워졌다.

"휴~"

안도의 한숨과 동시에, 쾌락적인 습관들은 나를 항상 제자리로 이끌었다. 그곳은 바로 컴퓨터 책상. 나는 언제나 그랬듯이 친구들에게 연락을 돌렸다.

"어디야? 한 판 하자. 들어와!"

어느새 6시간이 지나있었다. 게임도 쉼 없이 하고 나니 지겨워졌다. 남은 건 공허함 뿐이었다. 이런 마음을 달래기 위해, 침대에 누워 유튜브를 켰다. 알고리즘이 영상 하나를 추천해 주었다. 제발 좀 정신 차리라는 메시지를 전하고 싶었던 걸까? 항상 게임 유튜브만 보던 내게,

스티브 잡스의 스탠퍼드 졸업 축사 영상이 추천으로 뜨다니. 왠지 모르게 호기심이 생겼다.

"지난 33년 동안 매일 아침 거울을 보면서 자신에게 물어보곤 했습니다. '오늘이 내 인생의 마지막 날이라면, 오늘 하려고 했던 일을 할 것인가?' '아니요'라는 대답이 나올 때마다 변화가 필요하다는 걸 알게 됩니다. 외부의 기대, 실패에 대한 두려움. 이런 것들은 모두 죽음 앞에서 떨어져 나가고, 진정으로 중요한 것들만이 남게 됩니다. 죽음을 생각한다는 건, 무엇을 잃을지도 모른다는 두려움에서 벗어나는 최고의 방법입니다."

그의 메시지는 강렬하게 내 심장을 두들겼고, 그날 이후로 나는 죽음에 대해 생각해 보았다.
'지금처럼 계속 산다면, 인생의 마지막 순간에 후회하지 않을 수 있을까?'

어쩌면 평생을 후회할지도 모르겠다는 생각이 들었다. 죽음 앞에서 인간이 하는 유일한 후회는, 하지 않은 일에 대한 후회뿐이니까. 나는 내 인생을 후회로 가득 채우고 싶지 않았다. 주어진 현실에 굴복하고 돈에 쪼들리며 사는 게 싫었다. 사랑하는 사람들을 챙기고 싶었고, 누구에게도 부끄럽지 않은 사람이 되고 싶었으며, 내가 진정으로 원하는 것들은 다 해보며 살고 싶었다. 하지만 뒤이어 드는 생각은 이랬다.

'나는 돈도 없고 잘하는 것도 없는데, 무슨 수로 이 삶을 벗어난단 말인가?'

재능이 없다는 둥 도전은 위험하다는 둥 돈보다는 행복이 중요하다는 둥 온갖 안될 이유가 떠올랐다. 나는 겉으로는 변화를 원했지만, 무의식적으로는 변화를 거부하고 있었다. 과거에는 이런 부정적인 생각들에 동화되어, 원래대로 돌아오곤 했다. 하지만 이제는 내 마음을 들여다보고 탐구한 덕분에, 이런 말들이 더 이상 진실이 아님을 알고 있었다.

'과거가 어땠는지는 상관없어. 지금부터 다르게 생각하고 행동하면 그만이니까.'

지금껏 부자는 타고나는 거라고 생각해왔다. 경제적으로 어려운 환경에서 자란 나는, 절대 부자가 될 수 없다고 믿었다. 부자는 애초에 다른 세계 사람이라고 치부한 것이다. 하지만 책 덕분에 견고했던 내 믿음에 금이 가기

시작했다. 애초에 부유하게 태어난 사람보다, 밑바닥에서
자수성가한 사람들이 훨씬 많다는 사실은 또 다른 충격
이었다. 그렇다면 그들과 나와의 차이는 무엇일까? 왜 난
빚이 없음에도 돈 걱정에서 벗어나지 못하고, 그들은 수
십억의 빚이 있음에도 경제적 자유를 얻은 걸까?

처음엔 타고난 재능의 차이가 아닐까 하는 생각이 들
었다. 하지만 그 역시 사실이 아니었다. 아무것도 잘하
는 게 없던 사람도, 역경을 이겨내고 자수성가를 했다.
그것도 한둘이 아닌, 상상 이상으로 많은 사람들이 말이
다. 경제적 자유를 이룬 사람과 나와의 유일한 차이점은
자기 자신에 대한 믿음뿐이었다. 나는 나 자신의 가능성
을 믿지 않았고, 빨리 성과가 나지 않으면 곧바로 포기했
다. 자기에 대한 신뢰가 없었기에, 남들의 부정적인 말에
이리저리 휘둘렸다. 그렇게 내 꿈은 항상 갈기갈기 찢어
졌다. 어차피 안 될 거라며 새로운 도전 자체를 꺼렸기에
삶이 변하지 않았다. 하지만 그들은 아무리 상황이 나빠
져도, 남들이 목표에 대해 코웃음 치며 비웃고 비난해도,
꿋꿋하게 자신의 길로 나아갔다. 자기 자신을 믿고, 자신
의 가능성을 믿었기에 가능한 일이다.

유독 인간만이 자기 자신을 과소평가한다. 하지만 우리는 본 적이 없다. 자기 능력의 끝이 어디까지인지를. 이제까지도 그래왔고, 앞으로도 알 수 없을 것이다. 자신의 가능성에 함부로 한계를 지어서는 안 된다는 걸 뒤늦게 깨닫는다. 각자의 내면에 품고 있는 잠재력은 그 누구도 예측할 수 없기에. 할 수 있다고 믿으면 안 될 것도 되고, 할 수 없다고 믿으면 될 것도 안 된다. 내가 나를 믿지 않으면, 누가 나를 믿어주겠는가? 나는 나 자신을 믿기로 했다.

문제는 학벌과 직종이 아니다

"이렇게 죽어라 일하는데, 어떻게 알바할 때보다도 돈을 못 벌지?"

내 연봉은 겨우 최저임금을 웃돌았다. 경력이 쌓일수록 돈이 많이 오르는 것도 아니었다. 여기에서 내 미래는 있는 건지 의문이 들었다. 매일 신세 한탄을 하면서 하루를 마무리했다.

"에휴~ 뭐 어쩌겠어? 한잔하자. 짠!"

우리는 서로의 잔을 부딪치며, 침울한 분위기를 끌어올렸다. 술 한잔에 답답한 마음을 담아 깊숙이 삼켰다. 그렇게 잠시나마 현실에서 도피하곤 했다.

거리에 불빛이 하나둘 꺼지기 시작했다. 그제야 집에 가야 할 시간이 되었음을 알아차렸다. 무거운 몸을 이끌고, 비틀거리며 집에 도착했다. 긴장이 풀려서일까? 나는 침대에 눕자마자 그대로 뻗어버렸다. 얼마 지나지 않은 거 같은데, 알람이 시끄럽게 울려댔다. 극심한 피로와 함께 회의감이 들었다.

'하…. 벌써 출근할 시간이라니!'

나는 이제서야 어른들 말을 듣지 않았던 걸 후회했다.

'학교 다닐 때 더 열심히 공부할걸.'

만약 그랬다면 일의 선택지는 더 넓었을 테니까. 어쩌면 내가 병원장을 하고 있었을지도 모르는 일이었다. 학창 시절의 시험 성적으로 인해, 향후의 진로가 모두 결정된다는 현실이 가혹하게 느껴졌다. 이제 와서 후회해도 뭐 어쩌겠는가. 돌이킬 수 없는 일이다. 마음이 흔들릴 때마다, 이를 꽉 깨물고 마음을 다잡았다.

'내가 할 수 있는 건, 그저 열심히 일하는 것뿐이야.'

이런 믿음을 가슴 속에 품은 채 정말 열심히 살았다. 나는 모든 일을 누구보다 열심히 하는 사람이었다. 지나가던 동료들은 종종 내게 말하곤 했다.

"적당히 해! 그러다 쓰러지겠어."

동료들의 말처럼 나는 결국 무너지고 말았다. 열심히 달려왔는데, 내게 남은 거라곤 망가진 몸과 마음뿐이었다.

'이 일을 열심히 한다고 해서, 재정 상황이 여유로워지고 행복한 가정을 꾸릴 수 있을까?'

쓸쓸한 마음과 함께 불가능하다는 생각이 들었다.

'그렇다면 결혼을 포기하자!'

그렇게 나는 삶의 몇몇 부분들을 하나둘 포기했고, 점점 무기력해지고 있었다.

'내 인생에 행복이 존재하긴 하는 걸까?'

내가 공부를 열심히 해서 학벌이 더 좋았더라면, 그래서 더 좋은 직장을 다녔더라면 달랐을 텐데. 하지만 이제 와서 이런 후회들이 무슨 소용이 있을까. 과거로 돌아갈 수도 없는데 말이다. 학력을 지금 와서 바꾸기란 어렵고, 새로운 직종을 갖자니 너무 긴 시간이 걸린다. 그렇게 나는 이런저런 핑계를 대며, 주어진 현실에 안주했다. 아무런 도전도 하지 않았다. 학력, 스펙, 직종이 돈벌이를 결정한다고 믿었기에. 하지만 이것들은 단지 옛날에나 들어맞는 믿음일 뿐이었다. 세상은 계속해서 바뀌고 있고, 대학 간판은 점점 쓸모없어지고 있으며, 평생직장이라는 개념도 이미 사라지고 있다. 직장은 더 이상 나의 노후를 책임져 주지 않는다. 회사에 목매던 시대는 끝났다. 이제는 퍼스널 브랜딩의 시대이다. 나이가 몇이든 관계없이 능력을 계발하고, 사람들에게 가치를 제공하여 보상을 얻을 수 있다. 그것도 집에서 노트북 하나만으로도 가능하다.

이제껏 직장을 벗어나서 돈을 버는 건 불가능하다고 믿었다. 그런 건 예술적인 능력이 뛰어난 사람들에게나 가능한 일이라고 생각했다. 나는 무언가를 창조할 수 있는 사람이 아니라며 한계를 지었고, 그저 남들이 시킨 일이나 할 뿐이었다. 그렇게 하기 싫은 일을 억지로 계속할 수밖에 없었다. 회사 일을 아무리 열심히 해도 바뀌는 건 없었다. 그 뒤론 오늘만 산다는 마인드로 버는 족족 다 써버렸다. 그러다 보니 4년이라는 시간이 흘렀다.

하지만 돈벌이는 전적으로 자기 능력에 달린 일이란 걸 깨닫게 되자, 내 인생은 점차 달라지기 시작했다. 지금부터라도 무언가를 배우면 된다고 믿었고, 그렇게 글쓰기에 도전했다. 나는 살면서 일기를 제외하곤, 단 한 번도 글을 써본 적이 없었다. 하지만 일단 그냥 시작했다. 물론 쉽지 않았다. 처음엔 이게 정녕 서른 살의 글이 맞는가 싶어 자신감을 잃곤 했다. 그럼에도 포기하지 않고, 계속하다 보니 실력이 늘기 시작했다. 지금은 이렇게 책까지 쓰고 있다. 그래봤자 책이 잘 팔리지 않으면 그게 무슨 소용이냐고 말할 수도 있다. 나는 그럼에도 의미 있는 일이라고 생각한다. 책을 썼다는 것 자체가 나의 고정관념과 한계를 깨뜨린 일이기에.

나는 글을 쓰는 것뿐만 아니라, 다른 것들도 배우면서 조금씩 도전하고 있다. 설령 그것에 재능이 없어 보인다 해도 일단 시작한다. 어떤 일이든 진심과 열정을 담아 진득하게 파고들면, 결국은 성과를 낼 수 있다고 믿기에. 현재의 삶이 불만족스럽다면, 진정 인생이 바뀌길 원한다면, 이제까지와는 다르게 생각하고 행동해야 한다. 아인슈타인도 말했다.

"매번 똑같은 행동을 반복하면서, 다른 미래를 기대하

는 건 정신병 초기증세다."

  내가 만약 어린 시절의 학력이 인생의 앞날을 결정한
다고 단정 지었다면 어떻게 되었을까? 그저 불평만 하면
서 아무런 도전도 하지 않았을 것이고, 지금처럼 밝고 행
복한 나는 없었을 것이다. 이제는 안다. 아무리 불평해
도 세상은 내가 원하는 대로 바뀌지 않는다는 것을. 나
는 단지 불평하기를 멈추고, 마음가짐을 바꾸었다. 그리
고 지금은 몇 년 전과는 완전히 다른 삶을 살고 있다. 30
년의 세월을 보내고서야 깨닫는다. 내 인생의 주인은 바
로 자기 자신이라는 걸. 현실에 굴복한 채 할 수 있는 게
없다고 믿는다면, 나의 인생이 아닌 남의 인생을 살게 된
다는 걸.

꽃도 뿌리가 중요하듯이

방에서 해바라기를 키웠었다. 나는 녀석들이 무럭무럭 자라, 꽃이 활짝 피기를 바랐다. 그런 내 마음을 읽기라도 한 걸까? 금세 싹이 돋아나기 시작했다. 자고 일어날 때마다 눈에 띄게 자라 있었다. 이 조그마한 식물이 보여주는, 넘치는 생명력에 감탄했고 기뻐했다. 점점 정이 들기 시작했다. 그 녀석들의 이름을 붙여주었고, 좋다는 건 뭐든 구해다 주었다. 하지만 무슨 이유에서인지, 줄기가 점점 야위어 가기 시작했다. 나름 햇빛도 잘 쐬어주고, 물도 잘 줬는데 말이다. 결국 그 아이들은 나와 짧은 시간을 함께하다가 떠나버렸다.

해바라기의 키가 쑥쑥 크는 걸 보며, 잘 자란다고 생각했다. 나중에 알고 보니 그것은 햇빛이 모자란다는 신호였다. 빛이 부족해 뿌리가 제대로 뻗어나가지 못했고, 결국 시들고 만 것이다. 눈물이 왈칵 쏟아질 것만 같았다. 내가 뿌리의 상태를 잘 확인했더라면, 이렇게 빨리 가버리진 않았을 텐데. 그날 나는 해바라기로부터 인생을 보았다. 눈에 보이는 것만이 전부가 아니라는 것을. 사실 더 중요한 건, 눈에 보이지 않는 부분이라는 것을.

우리의 마음도 눈에 보이는 부분과 보이지 않는 부분으로 나눌 수 있다. 의식과 무의식. 의식은 눈에 보이는 줄기와 잎과 같고, 무의식은 뿌리와 같다. 나는 온갖 정보들을 습득하면서 성공이라는 꽃을 피우기 위해 노력했다. 그러나 무의식에 대해선 전혀 관심이 없었다. 아니, 사실 그런 게 존재하는지도 몰랐다. 이는 뿌리는 무시한 채 눈에 보이는 줄기, 잎에만 관심을 쏟는 일이었다. 정작 그것들을 지탱하는 뿌리가 잘 잡혀있지 않다면, 꽃은 시들어 버릴 텐데 말이다. 이처럼 무의식을 살펴보지 않는다면, 아무리 다양한 지식을 습득해도 인생은 점차 시들어 간다. 내가 키우던 해바라기가 그랬듯이.

절대로 부모님처럼은 살지 않을 거라고 말하는 사람들이 있다. 나도 그런 사람 중 하나였다. 부모님과는 전혀 다르게 행동하며 살고 있다고 믿었다. 그러나 내 주변 사람들은 말했다.

"너는 너희 부모님하고 완전 똑같아."

어릴 적 보고 듣고 배운 모든 것들이, 우리의 무의식에 각인되고 자아가 형성된다. 마음의 뿌리에 타인의 믿음들이 새겨지는 것이다. 결국 자기도 모르게 부모와 똑같은 행동을 하게 된다. 우리는 자신이 삶의 모든 부분을 '의식적'으로 선택하고 행동한다고 생각한다. 하지만 심리학에서는 '의식'은 우리 마음의 10%밖에 차지하지 않으며, 나머지 90%는 '무의식'에 해당한다고 말한다. 즉, 무의식이 행동의 대부분을 지배한다는 것이다. 그렇다. 생각해 보면, 우리가 의식적으로 집중하는 부분은 극히 일부에 불과하다. 밥을 먹을 때 어떻게 움직여야 할지 일일이 생각하지 않는다. 그래서 우리는 드라마를 보면서 밥을 먹을 수 있는 것이다. 자동으로 심장이 뛰고, 호흡을 하고, 걸으면서도 연락을 할 수 있고, 넘어지려는 순간에 팔을 뻗어 몸을 보호한다. 이 모든 것들이 무의식의 산물이다. 심리학자 융은 말했다.

"무의식의 한 부분은 일시적으로 불명확하게 되어버린

생각과 이미지가 겹쳐 이루어진다. 이러한 생각과 이미지는 사라져 버린 것인데도 불구하고, 의식에 영향을 계속 미친다."

우리는 불편한 생각과 감정들을 억누르거나, 다른 것으로 대체하려 한다. 그 순간 불편함이 사라진 것처럼 느껴진다. 하지만 실제로는 사라진 것이 아니라, 무의식 속에 쌓이는 것이다. 마치 길을 거닐다 마주친 차가 눈앞에서 사라져 버린 것과 같다. 그 자동차는 우리 눈에 사라진 것처럼 보이지만, 차 자체가 없어진 게 아니다. 나중에 그 차를 다시 마주칠 수 있는 것처럼, 생각 역시 무의식 속으로 사라졌다가 나중에 다시 튀어나올 수 있다.

나의 무의식엔 스스로를 옭아매고 제한하는 믿음들이 너무나 많았다.

'남자는 늘 강해야 한다.'

'인생은 본래 힘든 것이다.'

'먹고 살기 위해 허리띠를 졸라매야 한다.'

'돈을 많이 가지려 하는 건 탐욕적이다.'

'좋아하는 일을 하면 굶어 죽는다.'

뭔가 익숙하지 않은가? 그렇다. 과거에 우리가 너무나 쉽게 들어왔던 말들이다. 하지만 모두 잘못된 믿음들이다. 남자라고 해서 늘 강해야 할 이유가 없다. 누구나 약한 면모를 가지고 있으며, 그 사실을 인정할 수 있어야 한다. 인생에 힘든 순간이 분명 존재하지만, 삶 전체가 힘들기만 한 것은 절대 아니다. 먹고 살기 위해 허리띠를 졸라매야 한다는 건, 완전히 옛날 사고방식이다. 그러지 않아도 충분히 먹고 살 수 있으며, 요즘은 절약이 아닌 투자가 기본이다. 남의 돈을 빼앗으려 하는 게 탐욕적이지, 돈을 많이 가지려 하는 건 아무런 문제가 없다. 그 돈으로 무엇을 하느냐가 더 중요하다. 좋아하는 일을 하면 오히려 더 잘살 수도 있다. 좋아하는 건 꾸준히 할 수 있다. 무엇이든 꾸준히 지속하면, 잘할 수밖에 없다. 무언가를 잘한다는 건, 그만큼 많은 대가를 얻을 수 있다는 의미이기도 하다.

우리가 이런 잘못된 믿음들을 무의식 속에 품고 산다면, 인생은 그 믿음대로 펼쳐진다. 잘살기 위해 아무리 발버둥 쳐도 소용이 없다. 꽃과 나무도 뿌리가 중요하듯이, 사람도 무의식이 중요하다. 뿌리가 잘못되어 있는데, 어떻게 꽃을 활짝 피울 수 있겠는가? 그러니 내 무의식

안에 어떤 믿음들이 있는지 살펴보아야 한다. 그게 나에
게 도움이 되고 있는가? 그렇지 않다면 걸러 내야 한다.

목적 없이 돈만 좇는 건

　반복되는 일상에 지친 한 청년은 짐을 챙겨서 무작정 떠났다. 그는 한평생 꿈꿔온 유럽에 간다는 생각에 한껏 들떠있었다. 마치 거기에 행복이라도 있는 것처럼. 유럽에 도착한 그는 두근거리는 가슴을 안고 길을 따라 걸었다.

　'걷다 보면 내가 바라던 곳에 도착할 거야!'

　청년에겐 단순히 유럽에 가야겠다는 계획만 있었다. 정확히 어디로 갈지는 정하지 않았다. 하지만 그는 생각했다. 가다 보면 아름답고 장엄한 풍경이 펼쳐지리라고. 그렇게 걷고 또 걸었다. 그 끝에 도착한 곳은 뿌연 모래바람이 날리는 허름하고 황폐한 곳이었다. 뭔가 잘못되었다는 사실을 뒤늦게 깨달았지만, 이미 해는 떨어지고 있었다. 세상을 환히 밝히던 불빛들은 사라지고, 칠흑 같은 어둠이 온 세상을 채우기 시작했다.

"이게 뭐야! 나는 이런데 오길 원하지 않았어!"

나도 이 이야기 속 청년과 다를 바 없었다. 막연하게 돈을 더 벌고 싶다고 생각했지만, 정작 그 돈으로 무엇을 할지는 정하지 않았다. 그것은 '수원'에 일이 생겨 초행길을 가는데, 내비게이션에 '경기도'만 찍고 가는 것과 같았다. 물론 운 좋게 도착할 수도 있다. 하지만 일이 다 끝나버리고 난 뒤에 도착하면 무슨 소용이 있을까? 돈을 열심히 벌고 모은다면, 원하던 액수의 돈을 손에 넣을 수도 있다. 다만 아주 늦은 나이에 말이다. 남은 건 70세라는 나이와 돈뿐이다. 그럼 행복한 일만 남은 걸까? 당연히 아니다. 소유에서 얻는 행복은 찰나에 불과하기에.

나는 돈에 지배당하며 살아왔다. 조금이라도 더 벌기위해, 야간 근무를 자진해서 했다. 그것으로도 모자라, 투잡을 뛸까 종종 고민했다. 다행히 그런 일은 일어나지않았지만, 그 정도로 나는 돈에 집착했다. 스트레스는 날이 갈수록 심해졌다. 스트레스 해소를 핑계 삼아 그렇게번 돈을 게임과 술자리에 썼다. 버는 돈이 느는 만큼 소비도 점점 늘었다. 결국 내 재정 상태는 사회초년생 시절과 다를 바가 없었다. 4년을 일만 했는데, 돈이 정말 한 푼도 없었다. 그동안 나는 대체 무엇을 위해 일을 한 걸까?

심각성을 느낀 나는, 신용카드를 자르고 절약하기로 결심했다. 그렇게 재테크 공부를 하면서 돈을 조금씩 모으기 시작했다. 생일 선물할 돈을 아끼고, 친구와의 만남을 줄이고, 하고 싶은 운동도 포기하고, 무엇이든 가성비를 찾으며 오직 돈을 모으는 데에만 집중했다. 내 삶은 점점 팍팍해졌고, 나라는 사람의 인심도 팍팍해졌다. 전보다 돈이 많이 모였음에도 불구하고, 만족이 되지 않았다. 아무리 모으고 또 모아도 결핍감은 사라지지 않았다. 돈을 채워 넣을수록 점점 더 새어나가는 그 느낌. 그렇게 나는 목표를 잃어버렸고, 길을 잃어버렸다. 한심해 보였다. 부모님 생신을 챙겨드릴 때조차, 돈 걱정을 하는 내가. 심각한 어려움에 처한 사람들을 보면서도, 단돈 만 원도 기부하지 않는 내가. 배우고 싶은 게 있는데도, 돈 없다고 포기하는 나 자신이 말이다.

나는 돈이 왜 필요한지도 모른 채 무작정 돈을 좇기만

했다. 그렇게 해서 남는 건 아무것도 없었다. 마치 목적지를 정하지 않고 떠도는 사람처럼 말이다. 나는 스스로 물었다.

"만약 평생을 쓰고도 남을 돈이 생긴다면, 무엇이 하고 싶을까?"
글쎄, 그런 일은 애초에 일어나지 않아.

"그래서 '만약'이라고 했잖아."
음…. 그동안 갖고 싶었던 걸 몽땅 다 살래.

"그다음은?"
실컷 놀고먹으면서 여유롭게 살 거야.

"이미 알잖아? 놀고먹는 것도 계속되면 지루하다는 걸."

나는 나 자신과의 대화를 통해 깨달았다. 평소에 그토록 갈망했던 것들이 주는 행복은 극히 짧다는 사실을. 얼마를 벌든 그것 자체는 행복을 가져다주지 않는다는 사실을. 하지만 많은 사람들이 착각하며 산다. 돈의 액

수가 곧 행복과 비례한다고 믿는다. 사실 중요한 건 돈의 액수 자체보단, 돈을 통해 얻는 경험들이다. 그렇다고 돈 자체를 부정하는 건 아니다. 돈은 정말 중요하다. 세상에 돈 없이 할 수 있는 건 거의 없으니까.

내가 원했던 건 다채로운 경험이었다. 하지만 돈이 없으면 그것에 제약이 생긴다. 나는 그런 삶을 원치 않았다. 돈 때문에 내가 하고 싶은 일들을 포기하고, 일만 하느라 가족들에게 잠깐의 시간조차 내지 못하고, 어떤 선택을 할 때마다 돈 걱정부터 해야 하는 그런 삶 말이다. 단순히 '돈이 있으면 좋다'와 같은 애매모호한 이유가 아닌, 돈을 벌어야 할 진짜 이유를 찾았다. 그날 이후로 나는 어려운 이들에게 매달 6만 원씩 기부하기 시작했다. 배우고 싶은 게 있을 때, 100만 원이 넘어도 기꺼이 투자했다. 기쁜 마음으로 소중한 사람들에게 밥을 샀고 선물을 했다. 애초에 내가 돈을 버는 이유는 이런 것들을 하기 위해서였으니까. 물론 그럴수록 내 계좌의 돈은 점점 줄어들었지만, 오히려 내 마음은 가득 채워졌다.

돈을 모으는 건 중요하다. 하지만 무엇을 위해서 돈을 모으는지가 더 중요하다. 대부분의 사람들은 이런 경제적인 부분조차도 남과 비교하기 바쁘다. 남들보다 좋은 집에 살고, 좋은 차가 있으면 행복할 거라 생각한다. 남들보다 돈 많이 주는 직장에 다니면 성공한 거라고 믿는다. 하지만 그렇게 비교해서 얻는 건, 아주 잠깐의 행복일 뿐이다. 결국 자신보다 더 좋은 조건을 가진 사람들을 보며 결핍감을 느낄 것이다. 거기에 무슨 행복이 있단 말인가? 단순히 10억만 있으면 행복할 거 같다는 생각이라면, 그건 착각이다. 100억, 1,000억이 있어도 행복할 수 없다. 돈을 소유하는 것에는 아무런 기쁨이 없다. 돈을 의미 있게 사용했을 때 기쁨이 있다. 그러니 그 돈을 통해 내가 무엇을 하고 싶은지 고민해 봐야 한다. 그러지 않는다면 결국 고생은 고생대로 하고, 원치 않는 곳에 도착할 테니.

돈은 쓰여진다. 고로 존재한다

많은 이들이 돈을 많이 모아둔 20대는 경제관념이 잘
박혀있다고 여기고, 그러지 못한 20대는 경제관념이 없
다고 여긴다. 어른들은 종종 내게 말하곤 했다.

"그래도 한 달에 100만 원은 저축해야지."

주 6일을 일하면서 월 200만 원도 벌지 못하고 있었는
데 말이다. 그런데도 나는 바보처럼 그 말을 또 순순히
따랐다. 저축에 목숨을 걸다 보니, 인생이 너무 팍팍해졌
다. 내 삶에 현재의 기쁨이란 건 없었다. 그저 훗날에는
행복할 거라는 믿음 하나로 견뎠다. 나는 열심히 돈을 모
아야 한다는 생각에만 빠져있었다. 마치 인생이란 돈을
모으기 위해 사는 것처럼 말이다. 돈은 목적을 이루는
수단일 뿐인데, 어느 순간 돈 그 자체가 목적이 되어버렸

다.

"허리띠를 졸라매야 한다."

이런 말을 들어본 적이 있을 것이다. 부모님 세대에는 통하는 말이었다. 그때는 경제적으로 무척이나 어려웠고, 아끼는 게 살아남는 길이었으니까. 또한 은행에 돈을 맡기기만 해도 이자가 쏠쏠했다. 그래서 저축만으로도 안정적인 삶을 사는 데 전혀 문제가 없었다. 하지만 지금은 돈을 아끼고 모으는 속도보다, 물가가 오르는 속도가 훨씬 빠르다. 젊은 나이에 노후를 대비하겠다며, 현재를 희생한다고 해서 노후가 안정되지도 않는다. 지금 허리띠를 졸라매 모은 10억도, 수십 년 뒤에는 그 가치가 반토막 날 테니까. 우리는 더 나은 미래를 위해 지금을 견디고 희생한다고 생각하지만, 실상은 현재도 희생하고 미래도 희생하고 있다. 〈진짜 부자들의 돈 쓰는 법〉의 저자 사토 도미오는 말한다.

"돈이 있으면 인생의 선택지가 늘어납니다. 그러므로 없는 것보다는 있는 것이 행복할 기회가 많은 것은 당연합니다. 그런데 어디까지나 '돈은 쓰는 것'이라는 걸 전제로 해야 합니다. 수치를 늘리는 것에만 집중한다면, 돈이 많아도 행복해질 수 없고, 자신을 행복하게 만들어 주는 꿈조차도 그려낼 수 없습니다."

물론 불필요한 지출은 피하는 게 맞다. 하지만 필요한 순간에도 돈 쓰기를 주저한다는 게 문제다. 합리적인 소비에 대한 강박은 항상 주변 사람들의 의견을 물어보게 만든다.

"이거 좀 봐봐, 13만 원인데 어때 보여?"

"엥? 이 조그만 게 13만 원이라고? 너무 사치야. 더 싼 거도 있잖아."

그렇게 결국 사고 싶은 걸 포기하고, 볼품은 없어 보이지만 성능은 괜찮은 제품을 산다. 하지만 마음속엔 그 조그마한 녀석이 며칠째 아른거린다. 그런데 나름 가성비였던 그 제품은 한 달도 안 되어서 고장이 난다.

"아…. 그냥 마음에 드는 걸로 살걸."

나는 해보고 싶은 게 있어도 비싸다 싶으면 포기했다. 새로운 기술을 배우는 것도, 괜히 돈만 날릴지 모른다는 생각에 시도하지 않았다. 선물을 고르는 상황에서도 가격 때문에 망설였다. 삶의 모든 선택이 돈에 의해 지배되었다. 나는 돈을 관리했던 게 아니라, 돈에 관리당하고 있었다.

"안 돼. 너무 비싸."

"돈도 얼마 없잖아, 괜한 낭비야."

"돌아오는 게 없으면 어떡하려고 그래."

전보다 돈을 더 많이 벌어도, 돈 문제로 인한 스트레스는 사라지지 않았다. 마치 깨진 항아리처럼. 아무리 채우고 채워도, 채워지지 않는 그 느낌. 이러한 결핍의 근원은 돈의 양이 아닌, 강박적인 마음에 있었다.

악착같이 돈을 모으고 노후를 대비하는 게 맞는 걸까? 미래의 더 나은 삶을 위해서, 현재를 희생하는 게 과연 행복한 길일까? 물론 아무 생각 없이 사는 것보다는, 미래를 대비하는 편이 훨씬 낫다. 그러나 미래를 대비한다는 명목하에 지금 이 순간을 희생하는 건, 결국 주어진 인생을 온전히 살지 못하는 것과 같다. 현재를 온전히 살지 못하는 사람이, 어떻게 미래에는 행복하게 살 수 있겠는가? 그 사람은 그토록 바라던 미래가 현재로 다가왔을 때, 또 다음 날을 걱정하고 대비할 것이다. 돈을 절약

하라는 건, 사실 불필요한 사치를 하지 말라는 의미다. 가족들에게 밥 한 끼 사는 게 불필요한 사치인가? 자신의 성장에 투자하는 게 사치인가? 쓸 땐 쓰고, 아낄 땐 아껴야 한다.

나는 불필요한 사치를 부리지는 않는다. 하지만 새로운 경험을 하거나, 나를 성장시켜 줄 수 있는 것, 충분한 만족감을 주는 것에는 돈을 아끼지 않는다. 나는 책이 가득 꽂혀 있는 서재를 갖는 게 로망이었다. 오랜 로망이었지만, 내 이름으로 된 집을 마련하고 나서 책장을 들여야겠다고 생각했었다. 좋은 책장은 비싸기도 하고, 이사 비용이 더 들 테니까. 이성적으로 생각하면 지금 사지 않는 게 맞지만, 내면에서 진정으로 원하고 있었다. 결국 커다란 책장을 월셋집에 들였다. 머리가 아닌 가슴이 시키는 대로. 비록 월셋집이지만, 안락한 공간으로 꾸며놓으니, 집에 있는 시간이 좋아졌다. 자연스레 외출하는 빈도도 줄고 외식 비용도 줄어들었다. 돈을 아끼려는 강박을 내려놓으니, 자연스레 돈이 아껴진 것이다.

'이렇게 당장 행복해질 수 있는데, 왜 그렇게 참기만 했을까?'

당장 얼마를 벌든 상관이 없다. 2만 원만 있어도, 내가 아끼는 사람에게 밥 한 끼를 대접할 수 있다. 어려운 상황에 처한 지인에게, 작은 돈이라도 마음을 담아 보낼 수 있다. 배우고 싶은 강의나 책에 돈을 쓸 수도 있다. 이런 것들은 엄청나게 많은 돈이 필요한 게 아니지 않은가? 단지 돈을 모으려는 강박만 내려놓으면 가능한 일이다. 또한 값비싼 제품들을 사는 것도 아무런 문제가 없다. 의도가 중요하다. 남들의 눈을 의식해서 사는 거라면, 불필요한 사치다. 반대로 자기 자신의 심리적 만족을 위해서라면, 의미 있는 지출이다. 돈을 모으기만 하고 쓰지 않으면, 그것은 한낱 종이 쪼가리에 불과하다. 돈은 쓰여짐으로써 존재의 가치가 있다. 돈을 모으는 것과 쓰는 것. 둘 사이엔 좋고 나쁨이 없다. 과도한 절약 그리고 과도한 소비가 문제일 뿐.

사실 제일 좋은 투자처는

"뭐? 하루에 70만 원이라고? 미친 거 아니야?"

지인들에게 말하지 않았기에 망정이지, 말했다면 무조건 이런 말을 들었을 것이다. 나는 수십 년 동안 여행을 갈 때마다 제일 싸면서 괜찮은 숙소에 묵었다. 하지만 더 이상 무서울 게 없었다. 무조건 돈을 아낄 필요는 없다는 걸 알았으니까. 이제는 새로운 경험을 해보고 싶단 생각이 들었다. 난생처음 고가의 숙소에 머무르겠다는 결심을 했다. 이 또한 좋은 경험이 되리라고 믿었기에. 그렇게 숙소를 살펴보는데 계속 눈길이 가는 곳이 있었다. 평일 1박 70만 원의 에어비앤비. 앞마당에 드넓은 바다가 펼쳐진 아름다운 곳이었다. 70만 원이면 괜찮은 숙소에 최소 7일은 머물 수 있는 금액이었다. 그런 곳에서 지내는 건 대체 어떤 느낌일까? 전혀 상상이 가지 않았다. 과연 그 값어치를 할지 의문도 들었다. 그래도 직접 겪어보고 판단하는 게 맞다고 생각했다. 나는 예약 버튼을 꾸욱 눌렀다. 그렇게 또 저질러 버렸다.

나는 잔뜩 기대감을 품고 숙소로 향했다. 현관부터 꽤나 정성을 들인 듯했다. 신발을 벗고 안으로 들어선 순간, 감탄을 금치 못했다.

"와…. 뷰가 진짜 미쳤다!"

파란 물결이 치는 바다가 눈앞에서 펼쳐졌다. 집 내부에서 이런 풍경을 볼 수 있다니! 거기에 층고도 높아서 집이 시원하게 트여있는 느낌이었다. 샹들리에와 은은한 조명들이 집 안 곳곳을 채우고 있었고, 소품과 가구 하나하나에도 감성이 녹아있었다. 한쪽 벽면은 현무암으로 포인트를 줬는데 참으로 매력적이었다. 마치 여기가 제주도라는 걸 알려주기라도 하듯. 거실 문을 열고 나가면 작은 정원이 있었다. 아늑해 보이는 의자와 테이블. 그리고 나무 그네까지. 그곳에 자리를 잡고 앉으니, 바다와 친구가 된 느낌이었다. 손을 뻗으면 닿을 것만 같았다. 따뜻한 커피 한잔을 마시며, 광활한 바다를 눈에다 한 움큼

담았다. 나는 이런 엄청난 아름다움에 압도되었다. 지금껏 전혀 느껴보지 못한 감동이 밀려왔다.

이제까지는 숙소란 그저 잠을 자는 곳에 불과했다. 여행을 갈 때마다, 밖에서 놀다가 밤늦게 숙소에 들어오곤 했다. 하지만 지금은 별다른 걸 하지 않더라도, 여유롭게 창밖을 보기만 해도 좋았다. 그곳엔 공간이 주는 기쁨이 있었다.

"이래서 사람들이 돈을 더 줘서라도 더 좋은 것들을 경험하는구나."

그동안 경험해 보지 않은 것에 대해서 얼마나 많은 가치판단을 내렸던가?

"그건 너무 비싸. 무슨 숙소가 수십만 원이나 해? 어차피 잠만 잘 텐데 말이야."

고급 레스토랑에 가서도 메뉴판에 적힌 가격표를 보며 제일 저렴한 메뉴를 골랐다.

"무슨 메뉴 하나에 5만 원이나 하는 거지? 그렇다고 양이 많은 것도 아니야."

친구가 비싸 보이는 물건을 구매할 때면, 나는 이렇게 말하곤 했다.

"너무 비싸지 않아? 사치 같은데…."

그는 말했다.

"너 그렇게 돈 아껴서 다 어디에 쓰려고? 가끔은 자신에게 투자하는 것도 필요한 법이야."

그 말의 의미를 이제야 이해하게 되었다. 무엇이든 경험해 본 사람만이 그 진가를 알 수 있다. 명품도 고급 서비스도 마찬가지다. 하지만 아직도 많은 이들이 경험해 보지도 않고, 사치라고 함부로 단정 짓는다.

우리는 아직도 경험하지 못한 것들이 너무나 많다. 이 세상은 너무나 넓어서 아직 가지 못한 곳도 너무나 많다. 아주 작은 점에 불과한 곳에 살면서, 어떻게 세상 전체를 판단할 수 있을까? 이제까지 나는 극히 일부분만 보고선, 그걸 토대로 전체를 일반화하곤 했다. 이제는 그렇게 살고 싶지 않다. 세계 곳곳을 여행하고 싶고, 다른 문화권의 사람들과 소통도 하고 싶다. 새로운 일에 도전하고 싶고, 끊임없이 배우고 성장하고 싶다. 나에게 투자하는 건, 절대 사치가 아니다. 오히려 돈을 아끼는 데에만 시간을 모조리 써버리는 게 사치라고 생각한다. 중요한 건 '생존'이 아니라, '의미 있는 삶'이니까. 새로운 경험들은 내게 삶의 의미와 기쁨을 만들어 준다.

이런 이유로 나는 주식과 부동산이 아닌, 온전히 나 자신에게 투자한다. 가장 좋은 투자처는 바로 자기 자신이라고 믿는다. 나에게 투자하는 행위는 잃을 게 하나도 없기 때문이다. 그러면서도 투자 대비 가장 큰 결과를 끌어낼 수 있다. 로우 리스크-하이 리턴인 것이다. 세계적인 투자자 워런 버핏은 말했다.

"저의 조언은 자신에게 투자하라는 겁니다. 여러분의 가장 큰 자산은 바로 여러분 자신입니다. 여러분은 다양한 잠재력을 갖고 있습니다. 대부분의 사람들은 그 잠재력을 극히 일부만 사용하면서 살아갑니다. 그러니 여러분은 자신에게 투자하세요. 그것이 바로 최고의 투자입니다. 그리고 자신의 열정을 따르세요. 마음을 이끄는 일을 선택하세요. 돈만 보고 일을 선택해서는 안 됩니다."

대부분의 사람들은 돈을 벌기 위해 시간을 쓰지만, 나는 시간을 벌기 위해 돈을 쓴다. 돈을 덜 벌더라도 일하는 시간을 줄이고, 내 성장을 위한 시간을 늘리고 있다. 당장에 성과를 내지 못하더라도 상관이 없다. 성공하든 실패하든, 도전하는 과정에서 이미 경험과 배움이라는 성과를 얻고 있으니까. 그 경험에서 얻은 지혜는 훗날 더 많은 돈을 벌어다 줄 거라는 사실을 안다.

　우리는 선택해야 한다. 지금 가진 능력으로만 돈을 벌 것인지, 아니면 시간과 돈을 투자해 능력을 계발할 것인지를 말이다. 나는 후자를 선택하고 살아간다. 버는 돈도, 모아둔 돈도 완전히 줄어들었지만, 걱정이 없다. 나중엔 지금보다 더 적은 시간을 일하고, 더 많은 돈을 벌게 될 테니까. 정말 원하는 꿈이 있다면, 자신에게 시간과 돈을 투자해 보자. 그리고 그 꿈을 향해 나아가자. 비현실적이라느니, 남들이 가지 않는 길이라느니 하는 주변 사람의 근거 없는 말은 들을 필요가 없다. 하고 싶은 일이지만, 재능이 없다고 느껴져도 괜찮다. 나이가 몇이든 관계없이, 모든 능력은 연습과 반복을 통해 향상되니까. 내 내면에 잠재된 가능성을 믿고, 나에게 투자하자. 그것이 최고의 투자가 될 것이다.

5부

혼자가 더 좋은 나지만

서른, 인간관계를 깨닫다

서른이 되었지만, 내 마음은 아직도 어린아이 같았다. 마음은 나이 먹기를 거부하기라도 한 걸까? 나는 겉보기에만 어른이었지, 실제로는 겁많은 아이였다.

내가 말을 알아먹기 시작했을 때쯤, 어른들의 설교가 시작되었다.

"남자면 남자답게 행동해라."

"어른이 말하면 대꾸하지 말고 받아들여라."

그 말들을 한 치의 의심도 없이 따랐다. 내게 어른은 크나큰 존재였으며, 삶의 모든 것을 깨우친 사람처럼 보였기에.

어린 시절은 세상을 있는 그대로 바라볼 수 있는 유일한 시기다. 호기심이 많았던 나는 이 넓은 세상을 경험하는 것을 참 즐거워했다. 과거에 대한 후회도, 미래에 대한 걱정도 없이 그저 순간순간을 경험했다. 생각해 보면 그때가 가장 행복했던 것 같다. 그러나 그 행복도 잠시였다. 나이를 하나둘 먹어가기 시작하자, 교육이랍시고 나의 모든 행동을 통제당했다. 밖에서 놀다가 들어올 때면, 한 사람이 기다리고 있었다. 잔뜩 화가 난 얼굴을 한. 그것은 다름 아닌 아버지였다.

"어딜 싸돌아 다니다 이제야 들어오는 거냐?"

순간 정적이 흘렀고, 나는 극심한 공포에 휩싸였다. 아무런 대답도 하지 못했다. 대꾸하면 버릇없다고 혼날 게 분명했기 때문이다. 그렇게 점점 내 생각과 감정을 자유롭게 표현할 수 없게 되었다. 혼날까 봐 늘 걱정하기 바빴다. 내 인생 목표는 오로지 어른들에게 혼나지 않는 것이었다. 덕분에 모든 말과 행동에 브레이크가 걸렸다. '이렇게 말하면 혼나지 않을까?'하는 생각에, 목 끝까지 차올랐던 말을 애써 다시 삼켰다. 그렇게 내 의견을 말하는 걸 점점 더 두려워하게 되었다. 친구들이랑 놀러 나가고 싶어도, 아버지에게 물어보는 게 무서워 망설이곤 했다. 그렇게 망설이다가 아버지가 있는 곳을 찾아 그 근처를 열심히 서성였다. '어떤 식으로 말해야 혼나지 않고 허락받을 수 있을까?' 고민하느라 30분이 걸리기도 했다. 그렇게 시도라도 하면 다행이었다. 놀러 나가기를 포기할 때도 많았다. 내 모든 의사결정은 항상 이런 식으로 진행되었다.

하고 싶은 건 뭐든 다 시도해 보고, 떠오르는 생각과 감정을 자유롭게 표현하는 것이 어린아이의 참모습 아니던가! 나는 학교에서도 '말없이 웃기만 하는 아이'로 불리었다. 말을 하지 않는다 해서 아무 생각도 없이 사는 건 아니었다. 아니, 사실 머릿속에는 생각이 너무 많아서 머리가 터질 지경이었다. 어린 녀석이 무슨 생각이 그리 많냐고 물을 수 있다. 내 머릿속에는 이런 생각들로 가득 차 있었다.

'친구들이 나를 이상하게 생각하면 어쩌지?'
'내가 한 말에 친구들이 기분 상하면 어쩌지?'
'나 같이 부족한 아이와 왜 친해지려 할까?'
'나는 누구와도 싸워본 적이 없는데, 싸움이 나면 어쩌지?'

이런 생각들이 수시로 떠오르는데, 어떻게 편히 학교생활을 할 수 있었을까. 친구들이 하자고 하는 건 뭐든 묵묵히 따랐다. 그때부터 관계에서 '나'는 없었다. 오직 타인만 있었다. 하고 싶은 것들이 정말 많았지만, 단 한 번도 표현하지 않았다. 내 선택이 누군가에겐 불편할 수 있다는 걸 알았기에. 친구들은 그런 나를 '착한 아이'라고 인정해 주었다. 인정받는 느낌은 꽤 중독성이 있었다. 그렇게 나는 인정 받는 것에 집착하기 시작했다. 남들에게 인정받기 위해, 내 모습들을 하나둘 없애버렸다.

'타인을 위해 나를 희생하라'는 가르침을 뼛속까지 받아들여 실천했다. 자신을 위하는 행동은 이기적인 거라고 믿었다. 나는 남은 잘 챙기면서, 정작 나 자신은 챙길 줄 모르는 사람이었다. 그것이 인간관계를 위한 현명한 방법이라고 생각했다. 그랬기에 내 인생은 늘 고통스러웠다. '나'라는 존재가 점점 없어지고 있는데, 어떻게 기쁠 수 있겠는가?

관계는 무척이나 어려웠다. 만나는 사람마다 성향이 너무 달랐고, 원하고 추구하는 것도 달랐다. 대인관계를 잘 이어 나가는 방법들을 열심히 찾아보고 실천해 보았다. 하지만 그런 여러 방법론도 문제를 해결해 주지 못했다. 결국 나는 상대방이 문제였다고 합리화했다. 그렇게 하면 마음이 조금이나마 편했으니까.

"걔는 나랑 너무 안 맞아."

"왜 그러는지 모르겠다니깐."

그저 나랑 맞지 않는 것이었을 뿐이라고, 상대가 이상한 거라고 생각했다. 나에게 책임이 없다고 생각하면서, 잠시나마 괴로움에서 벗어날 수 있었다. 그렇게 사람들을 거르고 거르다 보니, 점점 더 좁은 인간관계가 만들어졌다. '인생에서 진짜 친구 한 명만 있어도 성공한 거다.'라는 말로 합리화를 하며, 세월을 흘려보냈다. 하지만 애초에 관계가 좁고 넓은 것이 문제가 아니었다. 나는 스스로 쓸모없는 사람이라고 느끼고 있었다. 나 자신을 믿지도, 사랑하지도 않았다. 나를 인정해 주는 이들이 없으면, 존재의 가치를 느낄 수 없었다. 그렇게 나는 얼마 남지 않은 진짜 친구들에게 의존하는 사람이 되어갔다. 지금껏 내가 타인에게 잘해주었던 행동들이 다 거짓된 행동이라는 걸 깨달았다. 겉보기엔 친구들을 위하는 거 같지만, 실상은 내가 괜찮은 사람이라는 걸 느끼기 위해서였으니까.

좋은 관계는 '나'로부터 출발한다. 개인이 모여 관계를 형성한다. 한 개인이 바로 서있질 못한다면, 어떻게 관계를 똑바로 세울 수 있단 말인가. 뒤늦게 깨닫는다. 좋은 관계를 위해선 자신을 사랑해야 한다는 걸. 자기혐오에 빠져있으면서 타인을 배려하고 사랑하기란 불가능한 일이다. 그러니 타인을 위해서 나를 희생하지 말자. 나 자신을 바로 세워야, 진심으로 타인을 위할 수 있다.

모든 사람에게 좋은 사람이고 싶은 마음

"인간 본성에서 가장 깊숙이 자리한 원칙은 인정받기를 갈망하는 것이다."

미국의 심리학자 윌리엄 제임스가 한 말이다. 사람이라면 누구나 인정받고 싶어 하는 욕구가 있다. 인정은 양날의 검이다. 남들에게 인정받을 때는, 자신의 존재가치를 느낄 수 있고 기분이 좋아진다. 그러나 인정받지 못할 때는, 자신이 무가치하다고 느낀다. 이러한 이유로 우리는 더더욱 남들의 칭찬을 갈망하게 된다. 이는 내가 가치 있는지, 없는지가 타인에 의해 결정되는 것이다.

나 역시도 인정욕구에 집착해 왔다. 좋은 사람이란 말을 들으면, 기분이 참 좋아졌다. 마치 하늘을 날 것처럼.

모든 사람에게 좋은 사람이 되고 싶었다. 그렇게 나는 남 눈치를 보기 시작했다. 타인의 표정과 말투를 일일이 관찰하면서 말이다. '이렇게 말하면 기분 나빠하지 않을 까?', '이렇게 행동하면 남들이 뭐라고 생각할까?' 의사결 정 과정에 이런 생각들이 끼어드는 탓에, 나는 남들보다 10배는 대답이 느렸다. 식당에 갔을 때였다. 내가 먹고 싶은 음식이 분명 있었지만, 상대가 그 음식을 싫어하면 어쩌나 걱정했다. 그래서 항상 이렇게 말했다.

"나는 다 좋으니까 너 먹고 싶은 거로 먹자!"

드라이브할 때도 마찬가지였다.
'내가 즐겨 듣는 노래를 싫어하면 어쩌지?'

그렇게 내가 아닌, 친구들이 좋아할 만한 노래를 열심 히 찾아서 틀었다. 어떤 선택에서도 '나'의 마음은 없었 다. 남만 생각하느라, 자기 생각은 하나도 안 하는 사람. 그게 나였다.

하지만 나의 그런 노력이 무색하게, 관계는 너무나 쉽 게 멀어지곤 했다. 잘 지내다가도 의도치 않게 실수를 했 다. 어쩔 수 없이 나도 사람이었으니까. 그렇게 나는 상대의 기분이 풀릴 때까지 안절부절못했다. 실수했던 장면이 계속 떠올라 아무것도 할 수 없었다. 결국엔 남에게 피해를 줬다는 죄책감까지 들었다. 이렇게 나 자신을 희생해 가며 유지하는 관계에 점점 지쳐가기 시작했다.

'이렇게까지 하면서 관계를 이어 나가야 하는 걸까?'

미친 듯이 노력해서 관계를 쌓아 올렸지만, 그것을 유지하는 게 너무나 힘들었다. 상대방의 잘못이 아니었다. 내가 첫 단추를 잘못 끼운 거였다. 좋은 사람으로 보이고 싶어서, 있는 그대로의 내 모습을 감추고 없애버렸다. 그렇게 해서 유지되는 관계가 무슨 의미가 있을까? 그동안 나는 허울뿐인 관계를 유지하려 애써왔던 것이다. 결국엔 내가 본모습을 드러내면 사르르 무너져 버릴 그런 관계. 뒤늦게 깨달았다. 있는 그대로의 모습을 존중해 주는 사람들은 얼마든지 있다는 것을. 그러니 좋은 모습만 보여주려 애쓰지 않아도 된다는 것을.

타인의 기대를 만족시키기 위해 살다 보면, 내 인생이 아닌 타인의 인생을 살아가게 된다. 아무리 가까운 친구 또는 가족이라 해도, 그들이 나를 대신해 살아주진 않는다. 그러니 남들의 기준에 맞추려 애쓸 필요가 없다. 반대로 타인에게 내 기준을 강요해서도 안 된다. 그들 역시 그들만의 인생이 있는 거니까. 우리는 각자 고유함을 가진 엄연히 다른 존재들이다. 지문부터 시작해서 외모, 성향, 가치관, 취미, 업무수행 방식, 관심사까지. 이 모든 것이 똑같은 사람은 없다. 같은 경험을 해도 느끼는 게 저마다 다르다. 각자 추구하는 삶의 가치도 다르다. 그러니 모든 사람에게 좋은 사람이 된다는 건, 절대로 실현할 수 없는 이상일 뿐이다.

쇼펜하우어는 말했다. "인간은 자신이 좋은 평가를 받을 수만 있다면, 언제든지 가면을 쓴다." 우리는 본능적으로 타인에게 보이는 시선을 의식해 본연의 모습을 감춘다. 상황에 따라 가면을 바꿔가며 쓴다. 분위기, 태도, 목소리, 제스처가 달라진다. 사회적 동물인 인간에게 가면은 필요한 도구다. 자기 모습을 숨김없이 드러내고, 속에 있는 말들을 모조리 쏟아낸다면 어떻게 될까? 지금보다 훨씬 더 많이 상처를 주고받으며, 결국엔 모두가 상처 투성이가 될 것이다. 모든 이에게 가면을 벗고 나의 모든 실체를 보여줄 필요는 없다. 다만 때에 따라 가면을 쓰되, 본연의 얼굴을 잊어버려선 안 된다. 윌리엄 셰익스피어는 말했다.

"세상은 무대이며, 모든 인간은 배우다. 한 사람이 여러 가지 역할을 연기한다."

배우들은 매번 새로운 역할에 몰입해야 한다. 유독 몰입을 잘하는 이들은 표정, 목소리, 제스처까지 완전히 자기 것으로 만든다. 자신의 원래 모습은 잊고, 극중 인물이 되어 메소드 연기를 펼친다. 연기가 끝나면, 가면을 벗고 본래의 모습으로 돌아온다. 하지만 자신이 연기를 하고 있다는 사실을 잊어버린다면, 어떻게 될까? 그는 극중 인물이 자신의 진짜 모습이라고 착각한 채 살 것이다. 인생도 마찬가지다. 가면을 쓴 내 모습에만 집중하다 보면, 진짜 '나'는 잊혀지게 된다. 결국 내가 원래 어떤 사람이었는지도, 기억하지 못하는 지경에 이르게 된다.

인정받기를 원한다고 해서 어리석은 게 아니다. 그 모습 또한 너무나 자연스럽다. 하지만 인정에 집착할수록, 삶은 너무나 괴로워진다. 주변 사람들의 기대를 만족시키기 위해, 나를 없애고 있지는 않은가? 아무리 많은 인정을 받게 된다 한들, 내 본모습을 잊은 채 사는 건 불행하다. 그건 진짜 내가 아니니까. 나는 남이 원하는 삶을 살고 있는가? 내가 원하는 삶을 살고 있는가? 스스로를 돌아보는 시간을 가졌으면 좋겠다. 무언가를 쫓으면 쫓을수록 더 멀어지듯이, 인정을 바라면 바랄수록, 인정받지 못하는 현실이 펼쳐진다. 오히려 자신의 모습으로 당당하게 사는 이에게, 인정은 자연스럽게 따라온다.

다 너 잘 되라고 하는 말인데

"내가 너 생각해서 말해주는 건데, 왜 그래?"

우리는 이런 식으로 나를 위하는 척하면서, 은근슬쩍 선을 넘는 사람들을 만난다. 가족, 연인, 친구, 직장동료, 상사 등 가까운 관계도 예외는 없다. 나는 생각해달라고 한 적도 없는데. 명백한 가스라이팅이었다. 자존감이 0 이었던 나는, 가스라이팅 당하기 딱 좋은 사람이었다. 인생을 살아가는 나만의 기준이 없었다. 그저 남들이 하는 말에 휘둘리며 살았을 뿐. 이렇게 해야 한다. 저렇게 해야 한다. 모두가 자신의 방식과 기준을 늘여놓고, 자기 말이 옳다고 주장했다. 나는 그 틈에 꺼서 어쩔 줄 몰라 했다.

나는 남들에게 이용당하기 쉬운 먹잇감이었다. 이리저리 끌려다니기만 하는.

"우리 사이에 이 정도도 못 해줘? 우리 친한 거 맞아?"

나는 이런 어처구니없는 말에도 반박할 수 없었다. 왠지 모르게 맞는 말 같았으니까. 내 마음은 이게 잘못된 거라는 걸 알기라도 했던 걸까. 마음이 너무 불편했다. 내키지 않았다. 그럼에도 불구하고, 나는 결국 그들의 꼬임에 넘어가고 말았다.

'하긴, 친한 친구인데 이 정도는 해줄 수 있지 않을까?'

관계를 유지하기 위한 내 최선이었을까. 순수했던 건지, 멍청했던 건지. 그렇게 계속 이용만 당했다. 그들은 내 등에 빨대를 꽂고선, 그걸 정당화했다. 날이 갈수록 판단력은 점점 흐려져만 갔다. 내 생각을 내세울 수 없었다. 자꾸 '네 생각은 완전히 틀렸다'고 말하는 이들 때문이었다. 마치 세뇌를 당하는 것만 같았다. '그래, 내가 틀릴 수도 있지.' 그럼에도 나는 가스라이팅을 당하고 있다는 걸 전혀 알지 못했다. 점점 정도가 지나치는 거 같아 다른 친구들에게 물어보았다. 내 얘기를 들은 친구들은 말했다.

"뭔가 쎄한데? 너 지금 이용당하는 거 같아."

하지만 나는 믿지 않았다. 그럴 리가 없다고, 걔들은 내 소중한 친구라고 하면서 말이다. 사실 그들은 내가 좋아서 가까이하는 게 아니라, 나를 부려 먹을 수 있어서 가까이 한 거였는데. 불행 중 다행인 건, 내가 지쳐 떨어져 나가는 바람에 그들과 멀어지게 되었다는 사실이었다. 그 무리에서 빠져나오자, 보이기 시작했다. 내가 정말 이용당했다는 사실이. 왜 그걸 눈치채지 못했을까? 이래서 가스라이팅이 무서운 거구나. 쎄하다고 했던 내 친구들은 순진한 날 보며 얼마나 답답했을까.

"야~ 내가 말했지? 쎄했다니까!"

나는 멋쩍은 웃음을 지었다.
"미안해, 그때 네 말 들을걸!"

그날을 계기로 나는 결심했다. 더 이상 남들의 근거 없는 말에 휘둘리지 않겠다고. 나는 삶의 기준들을 하나둘 세우기 시작했다. 이제는 안다. 진짜 나를 위하는 사람이라면, 나를 바꾸려 들지도 않고 강요하지도 않는다는 걸.

세상에는 좋은 사람들이 많지만, 간혹 이렇게 가스라이팅을 하는 사람도 있다. 그들은 교묘하다. 대놓고 이용해 먹으려 한다면, 눈치채기 쉬울 텐데. 맞는 듯 아닌 듯하게 우리의 마음을 조작한다. 그래서 가스라이팅을 당하고 있다는 사실을 인지하기 어렵다. 친구만 그런 게 아니다. 직장 상사, 부모, 연인 관계에서도 충분히 일어날 수 있다. "나니까 너 같은 사람도 써주는 거야.", "내 자식이라면 그럴 리가 없어.", "나 말고 누가 너랑 만나주겠냐?", "이게 다 널 위해서 그러는 거야." 이게 다 가스라이팅이다. 이런 말들을 듣다 보면, 점점 자기 자신에 대한 불신이 생긴다. 내 생각과 판단, 선택에 대한 확신이 점점 없어진다. 그래서 더더욱 상대방에게 휘둘리게 되는 것이다.

왜 사람들은 가스라이팅을 할까? 상대가 아무리 날뛰어봐야 내 손바닥 안이라는 느낌. 내가 상대방을 쥐락펴락하고 있다는 느낌. 그것이 자신에게 우월감을 가져다주기 때문이다. 그들이 우월감에 집착하는 이유는, 자신의 열등함을 감추고 포장하기 위함이다. 그렇다. 그들의 내면은 열등감으로 가득 차 있다. 사람들이 자신을 떠나갈까 봐 걱정한다. 스스로 쓸모없는 존재라고 느끼고 있기에. 그래서 가스라이팅을 통해, 상대방이 자신을 벗어날 수 없도록 만드는 것이다.

우리는 그런 심리를 이용해야 한다. 우선 그들과 점점 거리를 두어야 한다. 만나는 횟수와 시간도 줄이고, 연락도 줄이면서 말이다. 그런 후에 스스로 질문해 보자.
'이 사람이 진정 나에게 이로운 사람일까?'

만날 때마다 계속 스트레스를 받는다면, 지금의 관계를 돌아보아야 한다. 오랫동안 친구였단 이유로 그 관계를 끊지 못할 때가 있다. 초등학교 때부터 친구, 십년지기. 사실 그 기간은 그다지 큰 의미가 없다. 오랜 친구일수록 나를 잘 안다고 여기며 함부로 대할 수도 있다. 오히려 알고 지낸 지 1년도 안 된 친구가, 마음을 더 편하게 만들어 주기도 한다. 내게 상처만 남기는 사람들은 과감하게 끊어내자. 인맥자랑대회에 출전할 생각이 아니라면. 꼭 그 사람이 아니어도 세상에 좋은 사람은 차고 넘쳤다.

어차피 우리는 각자 다른 인생을 산다. 그러니 남들이 주장하는 정답이, 내 인생에서도 정답이라는 법은 없다.

삶의 기준을 세워야 한다. 자신만의 명확한 기준이 있으면, 상대가 어떤 잣대를 들이밀어도 쉽게 흔들리지 않으니까. 다 너를 위한 거라는 뻔한 거짓말에 속지 말자. 진정 나를 위하는 사람은, 절대 강요하지 않는다. 그 누구도 타인의 삶을 간섭하고 통제할 권리는 없다. 나의 삶은 나의 것이니까. 정녕 남이 씌운 족쇄에 발목 잡힌 채 살아갈 것인가? 그것은 인생의 주인이 아닌, 노예로서 사는 것과 다를 바 없다. 지금부터라도 족쇄를 끊어내고, 내 인생의 주인으로 살자.

자만과 겸손 그 사이

우리는 겸손이 미덕이라고 말하는 시대에 살고 있다. 그러나 요즘엔 과연 겸손은 미덕일까? 하는 의구심이 든다. 어린 시절, 사람은 항상 겸손해야 한다고 배웠다. 덕분에 '잘난 척한다', '재수 없다'는 말은 들어본 적이 없다. 하지만 계속 나 자신을 낮추다 보니, 역효과가 나기 시작했다. 나에게 자존감과 자신감은 없는 것이나 마찬가지였다. 늘 생각하곤 했다. 나는 부족한 게 많다고. 선물이나 칭찬을 받을 때조차도 왠지 모르게 불편했다. 그냥 그런 느낌이 들었다. 나는 그런 걸 받을 자격이 없다는 느낌. 그래서 받으면 안 될 거 같다는 느낌.

할머니는 장손인 내게 용돈을 자주 주시곤 했다. 그때마다 감사한 마음으로 받았다. 하지만 덥석 받는 모습을 본 부모님은 내게 말했다. 그렇게 한 번에 받는 건 예의가 아니라고. 최소 2번은 거절하라고. 그날 이후로 거절을 하기 시작했다. 여느 때와 같이, 할머니는 나를 반갑게 맞아주셨다.

"동현아, 이걸로 과자도 사 먹고 그래라."

할머니 손에 들려있는 꾸깃꾸깃한 5천 원을 보며, 나는 이미 상상 속으로 과자를 입에다 한 움큼 집어넣었다. 돈을 받으려던 그 순간, '받고 싶어도 사양하는 게 미덕'이라는 가르침이 떠올랐다. 결국 나는 먹고 싶은 그 마음을 애써 감췄다.

"괜찮아요. 할머니, 저 돈 있어요!"

"에이, 그러지 말고 받으렴."

받고 싶었다. 하지만 예의상 또 거절했다.

"아니에요. 정말 괜찮아요!"

할머니의 표정이 굳어졌다.

"돈이 적어서 그러냐? 아니면 이 늙은 할미가 주니까 받기 싫으냐?"

할머니의 밝은 미소는 온데간데없이 사라져 버렸다. 당황스러웠다. 단 한 번도 그리 차가운 얼굴을 본 적이 없었는데. 나는 할머니를 실망시켰다는 생각에 너무 죄송했고 괴로웠다. 괜찮다는 거짓말 때문에, 할머니도 실망시켰고 나도 기분이 안 좋아졌다. 혼란스러웠다. 굳이 이렇게까지 하면서 예의를 차리고 겸손해야 하는 걸까? 정말이지 이해가 되지 않았다. 받고 싶으면 받는 거고, 아니면 아닌 거지. 왜 마음에도 없는 거짓말을 하면서까지, 거절해야 한단 말인가?

우리는 애초에 좋은 의도로 칭찬을 하고 선물을 준다. 상대방의 겸손과 예의를 테스트하기 위해서, 선물을 하는 사람은 단 한 명도 없다. 그런데 쓸데없이 거절하면서, 주는 사람의 성의를 무시할 필요가 있을까? 감사한 마음으로 받으면, 주는 사람도 기분이 좋고 받는 사람도 기분이 좋은데 말이다.

고대 스승들은 왜 겸손을 강조했을까? 그것은 아마 자만하지 말라는 의미였을 것이다. 선물과 칭찬을 흔쾌히 받는 게 자만이라고 할 수 있을까? 나는 아니라고 생각한다. 겸손은 기본적으로 자신을 낮추는 행동이다. "저는 숟가락 하나만 얹은 건데요, 뭘.", "저보다 동생이 더 잘해요.", "이 귀한 걸 왜 저한테…." 우리는 이렇게 자신을 낮추는 말과 행동에 익숙하다. 우쭐대고 자만하면 손가락질을 받을 게 뻔하기에. 그 누가 자기 잘난 맛에 사는 사람을 좋아하겠는가?

하지만 지나친 겸손은 자존감을 점점 밑바닥으로 끌어내린다. 자신을 자꾸 낮추다 보면, 실제로도 낮아지는 결과를 얻는다. 헛소리도 자꾸 듣고 말하면, 결국 믿게 된다. 스스로 반복적으로 하는 행동에는 엄청난 힘이 있기에. 그렇게 스스로 '뭔가를 받을 자격이 없는 사람', '가치 없는 사람'이라고 여기게 된다. 그 결과 대인관계에서도 문제가 생긴다. 자존감이 낮은 사람이, 건강한 인간관계를 이어가는 걸 본 적이 있는가? 설령 본 적이 있다 하더라도, 그것은 겉보기에만 그런 것이다. 그는 타인에게 인정받기 위해 애쓴다. 모든 걸 타인에게 맞춰주면서, 허울뿐인 관계를 겨우 유지한다. 시간이 흐를수록 그 관계를 유지하는 게 점점 힘들어진다. 결국 그에게도 한계가 온다. 타인에게 맞춰주는 걸 포기한다. 상대는 그런 그를 보며 말한다. "너 변했어, 예전엔 그러지 않았잖아." 그렇게 관계는 금이 가기 시작하고 결국 깨지고 만다.

요즘은 자기 PR의 시대다. 자신을 감추고 낮추는 게 아니라, 오히려 자신을 드러낼 줄 알아야 한다. 지나치게 겸손만 하는 사람은, 자신이 가진 강점들까지도 깎아내린다. '이 정도야 누구나 다 하는 거지.' 하면서 말이다. 자칫하면 자신감이 없는, 능력이 없는 사람처럼 비춰질 수 있다. 이처럼 무작정 나를 낮추는 겸손은 좋지 않다. 겸손보다 더 중요한 건, 자기 객관화가 아닐까? 자기 자신을 잘 아는 사람은, 자만하지도 않고 허세를 부리지도 않으니까.

겸손은 자신의 부족함을 알아차리게 하고, 계속 앞으로 나아가고 성장하게 만든다. 겸손할 줄 아는 사람이 더 많이 배우고 더 많은 성과를 내는 것도 맞다. 하지만 이런 것들이 꼭 자신을 낮춰야만 얻을 수 있는 걸까? 자만하지 않는 것만으로도 충분하지 않을까? 그래서 나는 겸손을 강조하는 시대에서, 겸손을 경계하라고 말하고 싶다. 과유불급. 아무리 좋은 것이라도, 지나치면 독이 된다. 겸손도 예외가 아니다. 지나친 겸손은 자존감과 자신감을 떨어뜨리고, 인생을 괴롭게 만든다. 우리는 '자만'과 '겸손' 그 사이에서 중심을 지킬 줄 알아야 한다. 이제는 자신이 이뤄낸 성과에 대해, 충분히 기뻐할 줄 아는 그런 사람이 되자. 그게 자만과 허세는 아니니까.

남들의 비난에 대처하는 현명한 자세

'네가 나에 대해서 얼마나 잘 안다고 그런 말을 해?'

차마 겉으론 내뱉진 못했다. 속에서 열이 펄펄 끓었다. 잘 알지도 못하면서 함부로 평가하는 사람들 때문이었다. 세상 어디를 가도, 남들의 평가에 노출되기란 참 쉽다. 그 누구도 타인을 평가할 자격은 없는데. 인간이란 게 원래 그런 종족인가보다. 의식적으로든, 무의식적으로든 평가를 즐기는 종족. 그러면서 정작 남들이 자신을 평가할 때는, 버럭 화를 내는 내로남불의 종족. 우리는 이런 평가들에서 어떻게 벗어날 수 있을까? 인간으로 사는한, 이런 평가를 피하는 방법은 없는 거 같다. 어느 한적한 곳에 가서 홀로 고립되는 방법밖에는.

10살 때쯤이었다. 나는 깊은 가르침을 받았다. 타인의 말을 경청하고 받아들일 줄 알아야 한다고. 그래야 사람들과 잘 지낼 수 있는 거라고 말이다. 분명 맞는 말이었다. 하지만 나는 아무 근거 없는 지적질과 비난에도 귀를 기울였고, 사실로 받아들였다.

"왜 이렇게 소심해?"

"너는 뭐 하나 잘하는 게 없구나."

쏟아지는 지적질로 인해 내 마음은 상처투성이였다. 그럼에도 아무런 내색도 하지 않았다. 내가 기분이 나쁘다고 말하면, 상대가 마음 상할 테니까. 생각해 보면 정말 이상한 일이다. 상처를 받은 건 나인데, 남을 걱정한다는 게. 나는 이 상처들을 밖으로 꺼내놓는 대신에, 마음속 깊이 꾹 눌러 담았다. 오랜 시간이 지났음에도, 비난받던 날의 기억들은 생생히 남아있었다. 수시로 들려오는 비난 섞인 목소리들. 나는 서서히 지쳐가기 시작했다.

만약 그런 말들이 한 사람의 개인적인 의견일 뿐이라는 걸 알았다면, 이런 고통 속에서 살지 않았을 것이다. 정말 괴로웠다. 어른들은 중간만 가라고 하는데, 그 중간에도 도달하지 못했다. 하는 일마다 별다른 성과를 내지 못하고 실패했다. 반복되는 실패들. 나는 점점 절망의 나락으로 빠져들었다. 결국 자신에게 이런 말까지 내뱉는 지경에 이르렀다.

'나는 쓸모없는 인간이야.'

그렇게 게임의 세계로 도피했다. 현실의 열등한 자신을 바꿀 수 없으니, 가상현실에서라도 우월감을 느끼고 싶었던 것이다. 게임에서 만나는 사람들은 내 본모습을 모르기에, 마음이 한결 편안했다. 게임과 현실은 달랐다. 약간의 시간과 돈만 있으면, 즉시 결과가 나타났다. 시간과 노력 그리고 돈을 쏟아부은 덕분에, 가상 현실 속의 '나'는 상위 랭크에 위치했다. 현실 속 내 모습과 상반된 그 모습이 꽤나 흡족했다. 그렇게 나는 게임중독자가 되어가고 있었다. 내 캐릭터가 마치 애지중지 키운 자식처럼 느껴질 정도였으니 말이다. 끊임없는 경쟁. 나는 남들에게 뒤처지지 않기 위해 애를 썼다. 그렇게 10년이라는 세월이 흘렀다. 피시방 이용료를 제외하고도, 게임에 쓴 돈만 1,000만 원이 넘었다. 10년과 천만 원의 합작품은 고작 망해가는 게임 속 캐릭터뿐이었다. 그것 또한 서비스 종료가 되는 순간, 사라져 버릴 허상이었다.

밀려오는 후회 그리고 자괴감. 나이는 점점 먹어가는데, 해놓은 건 없다는 게 참 부끄러웠다. 이제는 결정을 내려야 했다. 이런 중독자의 삶을 계속 이어 나갈 것인지. 아니면 새로운 변화를 시도할 것인지를. 마음을 다잡았다. 더 이상 현실에서 도피하지 않겠다고. 나는 나를 바꾸기로 결심했다. 자기 계발에 온갖 노력을 쏟았고, 마음에 들지 않던 내 모습이 바뀌기 시작했다. 과거와는 완전히 다른 사람처럼 느껴질 정도로. 나는 기대했다. 이제 더 이상 비난받지 않을 거라고. 하지만 그런 기대와는 달리, 여전히 비난은 끊이질 않았다. 그때 알았다. 부족한 점들을 개선해도, 누군가는 혀를 차고 지적질을 한다는 걸.

그랬다. 애초에 남들의 근거 없는 비난과 평가를 받아들인 게 문제였다. '자기 계발을 통해 남들의 비난에서 벗어나겠다'는 내 계획은 어리석은 결정이었다. 의도 자체가 잘못 되었던 것이다. 개선은 더 나은 자신이 되기 위함이지, 남들에게 인정받기 위함이 아니니까. 결심했다. 가시 돋친 말들로부터 나를 지켜내야겠다고. 사람들의 말을 걸러내기 시작했다. 그들의 말이 진실이 아니라는 걸 알았기에.

우리는 어쩔 수 없이 남들과 관계를 형성하면서 살아가야 한다. 어쩌면 그게 인간의 본질일지도 모르겠다. 남들과 부대끼며 살아야 하는 현실에서, 평가를 피하기란 불가능하다. '남을 평가하는 건 나쁜 것'이라고, '우리에겐 남을 평가할 자격이 없다'고 아무리 말해도, 평가하는 게 우리 인간이니까. 그럼에도 희망적인 소식은 있다. 평가 자체를 피할 순 없지만, 그것에 대응하는 나의 태도는 바꿀 수 있다는 것. '나는 남들의 평가에 어떻게 대응하고 있는가?' 스스로 물어야 한다. 그리고 남들의 평가가 진실이 아니라는 걸 알아야 한다. 그 말을 사실이라고 받아들이는 순간, 삶의 주도권은 그들에게로 넘어갈 테니까.

타인의 말을 경청하고, 자신을 돌아보는 것은 중요하다. 하지만 그 말이 아무런 근거가 없다면, 그것으로부터 자신을 지켜야 한다. 누군가의 말에 상처받고 힘들어하고 있다면, 이 사실을 기억했으면 좋겠다. 나를 어떤 사람이라고 정의할 수 있는 사람은 단 한 사람, 바로 '자기 자신'뿐이라는 걸. 남의 말을 받아들이지 않으면, 그것들은 내게 아무런 영향을 줄 수 없다. 그러나 그게 말처럼 쉽다면 얼마나 좋을까? 누구나 비난받는 순간엔 감정이 요동친다. 나도 안다. 그게 정말 화도 나고 기분도 나쁘다는걸. 똑같이 되갚아 주고 싶은 마음도 든다. 하지만 남을 쉽게 평가하는 사람은, 남들이 자신에 대해 함부로 평가할까 봐 두려움에 떨며 산다. 내가 그렇게 하는 만큼, 남들도 똑같이 그럴 거라고 생각하기에. 결국 자기 무덤을 파는 꼴이다. 그러니 그런 자들의 말은 무시가 답이다.

더 이상 정답이 아닌 기브 앤 테이크

'주는 만큼 받는다.'

이 말엔 약간의 어색함도 느껴지지 않는다. 기브 앤 테이크(Give & Take)는 관계의 기본이라는 사회적 통념이 존재한다. 나는 믿었다. 상대가 준 만큼, 나도 똑같이 돌려줘야 한다고. 내가 준 만큼, 그들도 똑같이 돌려줘야 한다고 말이다. "내가 이만큼이나 해줬는데, 너는 왜 안 해줘?" 이런 말을 자주 듣곤 했다. 그럴 때마다 괜히 죄책감이 들었다. 나는 아주 당연하게 여겨지는, 이 기브 앤 테이크에 의구심을 품게 되었다.

'베푼다는 건 무엇일까?'

'널 위해 내가 이만큼 해줬다'고 말하는 이에게, 과연 상대방을 위한 마음이 있기는 한 걸까? 애초에 자신이 이렇게 하면, 상대가 고마워하고 보답을 해줄 거라는 기대감에 한 행동이 아닌가? 즉 타인을 위한 행동이 아니라, 자신을 위한 행동인 것이다. 정말 진심으로 상대방을 위해서 했다면, 대가를 바랄 이유가 없다. 기브 앤 테이크는 얼핏 보면 관계에서 이치이자 진리인 듯하다. 하지만 그것은 일종의 '거래'에 불과하다. 심지어 부모에게도 이런 말을 심심치 않게 들을 수 있다.

"내가 너 키운다고 얼마나 고생했는데, 돌아오는 게 고작 이거냐?"

자식들 키운다고 자기 삶에 많은 부분을 포기하니, 대가를 바라는 마음이 생길 수밖에 없다. 이런 희생과 노고를 비하하는 건 아니다. 감사한 일이다. 하지만 자식은 부모님이 희생해야 한다고 강요한 적이 없다. 아이는 애초에 태어날 선택권도 없었다. 아이를 낳겠다는 선택은 누가 하는가? 부모의 선택이다. 나이가 차서 등 떠밀려 했다 해도, 변명의 여지가 없다. 등을 떠민다고 그대로 밀려날 필요는 없으니까. 간혹 못돼먹은 부모들은 서른이 넘은 자식에게도, 자기가 시키는 대로 하라면서 강압적으로 통제한다. 낳고 길러줬다는 이유로 말이다. 하지만 아이는 부모의 소유물이 아니다. 부모라고 해서 그럴 자격이 주어지는 건 아니다. 내가 이만큼 희생 했으니 자식이 보답할 거라고 기대하는 건, 결국 서로에게 상처만 남는 일이다.

　내 아이가 태어나는 순간을 경험하고, 성장하는 과정을 가장 가까이서 지켜보는 사람은 부모다. 이 모든 순간이 주는 기쁨은 부모에게 얼마나 크게 다가오는가! 자식이 나에게 보답하기 때문이 아닌, 그런 경험 자체가 행복을 가져다준다. 부모는 자신의 새로운 경험을 위해 아이를 낳는 선택을 한 것이고, 그 대가는 사실 경험에서 오는 기쁨인 것이다. 그런데 왜 아이에게 보답을 바라는가? 우리가 자식을 위해서 하는 행동 대부분은, 사실 자식을 위한 게 아니다. 내가 살아온 방식 그대로를 아이들에게 주입하는 게, 과연 아이를 위한 일일까? 부모는 자신이 겪었던 안 좋은 일을, 자식들이 겪지 않게 하려고 애쓴다. 하지만 사람은 그런 경험으로부터 깨달음을 얻고 성장한다. 사실 부모의 그런 행동이, 아이가 성장할 기회를 박탈해 버리는 것이다. 진정 자식이 행복하게 살길 바란다면, 아이가 성인이 되는 순간 자유롭게 풀어주어야 한다. 부모라는 비좁은 울타리에서 벗어나, 드넓은 세상을 자유로이 경험할 수 있도록.

진정한 베풂이란 대가를 바라지 않고 주는 행위이다. 그러면 뭐 하러 남에게 베풀고 헌신하냐고 말할 수도 있다. 사람은 베풀 때 고차원적인 행복을 느낀다. 익명으로 억 단위를 기부하고, 재단을 설립해서 사회적 약자들을 돕고, 취약계층을 위한 봉사를 정기적으로 나가는 사람들. 이들이 무슨 대가를 바라면서 선행을 하겠는가? 오로지 세금을 아끼기 위해, 수십억을 기부한다는 건 말이 안 된다. 그게 아까우면 세금을 내고 말지. 왜 더 손해를 보면서 기부를 한단 말인가? 그들은 단지 베푸는 행위 그 자체가 주는 기쁨을 아는 것이다. 법륜스님의 말씀은 이를 잘 설명해 준다.

"상대를 위해서 하는 일이 사실은 나를 행복하게 하는 일인 줄 안다면, 그 일을 하면서도 상대에게 기대하고 원망하는 마음이 깃들지 않게 됩니다. 그러니 가족이나 가까운 사람끼리 심리적인 거래는 그만두고 이제라도 진정한 관계를 맺어보세요."

베풂은 자기 자신을 기쁘게 만들어 준다. 이미 그 자

체로 행복하기에, 대가를 바랄 필요도 없어진다. 상대가
보답하고 안하고는 상대방이 선택할 문제일 뿐. 내가 어
찌할 수 있는 문제가 아니다. 그러니 보답을 기대할 거라
면, 차라리 주지 않는 게 낫다.

한 때 '헌신하다 헌신짝 된다.'는 말이 유행처럼 돌았
다. 남을 위해 자신을 희생했더니 남는 게 없다는 의미
다. 희생이라는 행동이 문제를 일으킨다. 계속 강조하는
거지만, 타인을 위해 나를 희생해야 한다는 믿음은 수많
은 고민과 갈등을 일으킨 원인이다. 희생은 베풂이 아니
다. 희생은 자신의 것을 없앤다. 그래서 대가를 바라는
마음이 생겨난다. 아무도 우리에게 희생을 강요하지 않
는다. 정말 이상하지 않은가? 자발적으로 희생을 선택해
놓고, 그 희생에 대한 책임을 타인에게 묻는다는 게.

우리는 생각해 보아야 한다. 기브 앤 테이크라는 탈을
쓴 '거래'를 하고 있으면서, '나는 이만큼 베푸는 사람'이
라고 내세우고 있진 않은지. 진짜 베푼다는 게 무엇인지
말이다. 진짜 베풂이란 받을 걸 기대하지 않으며, 순수하
게 주고 싶은 마음 하나로 주는 것이다. 돌아오는 게 있
어야 행복한 게 아니다. 주는 그 자체로 행복하고 의미

있는 것이다.

좋은 사람, 좋은 관계

직장생활을 시작한 지 1년이 지났을 때였다. 그토록 바랐던 후임이 들어왔다. 덕분에 나는 잔업이 많은 막내를 탈출할 수 있었다. 새로 들어온 후임들을 많이 도와주고 싶었다. 신입사원의 힘듦을 너무나 잘 알기에. 그런 내 마음이 전달되었는지, 후임들과 생각 이상으로 가까워질 수 있었다. 우리는 점심에 늘 함께 밥을 먹었다. 그리곤 매일 카페에 들려 잠깐 숨을 돌리곤 했다. 오고 가는 장난스러운 대화. 그리고 화기애애한 분위기. 카페 사장님은 그런 우릴 보며 삼총사라 불렀다. 나는 이 관계가 오래 아니, 평생 갈 거라고 기대했다.

그렇게 한 해가 지나고, 또 다른 후임들이 들어왔다. 작년과 마찬가지로 새 후임들을 챙겨주려고 노력했다. 내가 1년 차였을 때가 자꾸 떠올랐으니까. 나는 3개월마다 자체적으로 강의를 하곤 했다. 이번에는 친하게 지내던 아이들과, 새로 들어온 후임들을 한 번에 모아서 진행하려고 했다. 그들이 서로 잘 어우러지길 바라는 마음으로. 하지만 친하게 지내던 아이들은 내게 짜증을 냈다. 새로 들어온 아이들이 별로 마음에 들지 않는다는 이유에서였다. 그들은 내가 새 후임들을 챙기는 걸 별로 탐탁지 않아 했다. 모두를 챙기고 싶었던 내 마음은 그렇게 산산조각이 나고 말았다.

거리가 너무 가까워진 탓이었을까? 잘 지내다가도 종종 트러블이 생기곤 했다. 그럴 때마다 심리적으로 불안해졌다. 내 정신은 그 문제에만 사로잡혀서, 일에 집중할 수가 없었다. 이 불편한 상황이 얼른 지나가길 빌었다. 나는 그들의 기분을 맞춰주느라 이리저리 휘둘리곤 했다. 좋은 사람이라 생각했고, 사이가 틀어질까 봐 두려웠다. 그때는 몰랐다. 내가 애쓰지 않으면 결국은 멀어져 버릴 사이라는 걸.

이들과의 관계뿐만이 아니었다. 나는 그저 좋은 인상과 성격을 가진자가 좋은 사람이라고 생각했다. 그리고 그들과의 관계가 틀어지지 않도록 온갖 노력을 쏟았다. 내 곁에 남아줄 좋은 사람은 얼마 없다고 믿었기에. 내 본 모습을 없애고, 좋은 모습만 보여주려고 했다. 사람들은 잘 보이려 애쓰는 내 모습이, 진짜 내 모습이라고 착각했다. 본 모습을 보여주고 싶어도, 보여줄 수 없는 상황이 돼버린 것이다. 그렇게 나는 사람들을 만날 때마다, 가면을 여러 겹 쓰고 본래의 모습을 감췄다. 부자연스러움. 내가 아닌 모습으로 사는 것. 그것은 실로 엄청난 에너지가 들어가는 일이었다. 결국 나는 지쳐버렸고, 관계는 그렇게 끝이 나버렸다.

이런 일들이 여러 번 반복되자, 인간관계에 대한 회의감이 들었다. 남들에게 끌려다니는 관계를 왜 지키려고 할까? 나는 왜 그런 관계에 목을 매는 걸까? 이해할 수 없었다. 나중에야 알게 되었다. 나를 감추고 희생하면서까지 그랬던 이유를. 나는 내가 너무 열등한 존재라고 믿고 있었다. 그래서 내 본연의 모습을 드러내면, 그걸 본 사람들은 다 떠나갈 거라고 생각했다. 그렇게 있는 그대로의 나를 없애버린 것이다. 잘난 거 하나 없는 내 곁에, 누가 남아줄까. 그래서 나는 기존의 관계들을 지키기 위해서 상대에게 모든 걸 맞춰주었다. 하지만 스스로를 없애면서, 좋은 관계를 이어간다는 건 애초에 불가능한 일이었다. 나를 없앨수록 마음의 결핍은 심해졌다. 그 결핍을 타인이 채워주길 기대했다. 그런 이유로 나는 상대에게 점점 더 의존하게 되었다. 결국 더 잘 보이려 애쓰고, 나를 더 희생하는 지경에 이르렀다.

뒤늦게 깨달았다. 나는 내 생각만큼 그렇게 열등한 존재가 아니었다고. 사실 열등한 게 아니라, 열등하다고 착각한 거라고. 그러니 굳이 관계를 유지하는 데에 목맬 필요가 없었다. 그런 깨달음 이후로, 나는 남들에게 잘 보이려던 모든 행동을 중단했다. 가면을 벗어던졌다. 그러자 몇몇 지인들과 사이가 멀어지기 시작했다. 역시 예상대로였다. 내가 애쓰지 않으면 바로 무너져 버릴 그런 관계. 그럼에도 나는 꿋꿋이 태도를 바꾸지 않았다. 본 모습을 보였다는 이유로 상대와 멀어지게 된다면, 애초에 그냥 거기까지인 거니까. 그들은 진짜 '나'를 좋아한 게 아니라, 자기 취향에 맞게 꾸며진 가짜 '나'를 좋아한 거니까. 결국 그들에게 나라는 존재는 언제든지 대체될 수 있는 것이었다.

기존의 위태로운 관계를 정리하고, 나의 진짜 모습으로

사람들을 만나기 시작했다. 놀라웠다. 닫힌 마음을 열고 세상을 바라보는 순간, 이전과는 완전히 다른 삶이 펼쳐졌다. 세상에는 나와 결이 맞는 사람들이 정말 많았다. 그저 마음을 굳게 닫아버리고 있었기에, 만나지 못했던 거였다. 내 본연의 모습을 인정해 주고 좋아해 주는 사람들. 나는 그런 이들이 진짜 좋은 사람이라고 생각한다. 단순히 성격이 좋거나, 잘해주는 사람이 아니라. 그런 이들과 함께할 때면, 숨기는 게 없어진다. 감출 게 없어서 마음이 편안하고 저절로 웃음이 난다.

우리는 혼자일 때보다 더 행복해지기 위해, 사람들과 관계를 맺는다. 그런데 오히려 혼자일 때보다 불행해지는 일이 생기곤 한다. 어쩔 수 없는 공적인 관계가 아닌데도 말이다. 굳이 나를 불행하게 만드는 그런 관계를 유지할 필요가 있을까? 내가 애쓰고 상대에게 맞춰주어야만 유지되는 관계라면, 당장 그만두라고 말하고 싶다. 나를 힘겹게 하는 그들이 아니어도, 이 세상엔 나와 맞는 사람들이 충분히 많으니까.

혼자가 편하고 좋지만

가까웠던 사람들과 멀어지고 나면, 공허함이 물밀듯 밀려온다. 마치 내가 아끼던 물건이 사라져 버린 것처럼. 몇 번의 만남과 헤어짐 끝에 이런 반복이 지긋지긋해졌다. 나는 혼자가 훨씬 편하고 좋았다. 이렇게 고통받을 바에 차라리 혼자 살아가는 게 낫겠다는 생각이 들었다. 우정이든, 사랑이든. 모든 관계의 뒤틀림으로부터 오는 아픔은 그 어떤 아픔보다 컸으니까.

어김없이 반복되는 일상. 나는 지루함에서 벗어나고자 친구들을 만났다. 몰려오는 배고픔에 점점 인내심을 잃고 있었다. 연분홍빛의 고기가 지글지글 육즙을 내며 익고 있었다. 나와 친구들 모두 말없이 불판 위에 놓인 고기만 쳐다보고 있었다. 마치 배고픔을 달래기 전까지는 대화하지 않겠다는 듯이. 우리는 고기가 익는다 싶으면 허겁지겁 먹어 치웠다. 그렇게 뱃속에 기름칠이 좀 되고 나서야 말을 꺼내기 시작했다.

"아~ 이제야 좀 살겠다! 오늘 하루도 고단했다 진짜."
"이렇게 모여서 맛있는 거 먹는게 유일한 낙이야."

우리의 얼굴은 취기로 달아올랐다. 점점 달아오르는 불판처럼. 그렇게 일상적인 대화를 넘어, 어김없이 연애 이야기로 전개되었다. 한껏 기분이 업된 친구가 내게 말했다.

"이제 다시 연애할 때 되지 않았냐? 대체 언제 할 거야!"
"에이 안 해. 나는 혼자가 편하고 좋아."
"너 그러다 나중에 외로워 죽는다~"
"시끄럽고! 술이나 마셔 인마~"

나는 삶의 자유가 침범당할 때, 극도로 스트레스를 받는다는 걸 알고 있었다. 또 혼자일 때는 상대를 배려하느라 신경을 곤두세우지 않아도 된다. 그래서 항상 혼자가 좋다는 말을 달고 살았다. 그랬다. 나는 비혼주의자였다. 지금의 이 생활이 정말 만족스러웠다. 연애를 하지 않아도 만날 친구들이 있었고, 집에서도 혼자 잘 놀았으니까.

그러던 어느 날, 갑작스러운 두통과 복통에 정신을 차릴 수 없었다. 한 발짝 움직이기도 힘들었다. 할 수 있는 거라곤, 침대에 누워 이불을 덮은 채로 끙끙대는 것뿐이었다. 극심한 통증이 얼마나 오래가던지. 무슨 자신감인지 약도 구비해 두지 않았다. 하지만 약을 사러 갈 기력조차 남아있지 않은 상황. 그렇게 나는 한순간에 무기력한 존재가 되어버렸다. 그 순간 머릿속에 이런 생각이 스쳐 지나갔다. '이래서 혼자는 안되겠구나. 건강할 땐 괜찮을지 몰라도, 내가 아플 땐 아무것도 할 수가 없으니까.'

갑작스레 찾아온 급성위염이 깊은 깨달음을 주었다. 인간은 애초에 혼자서 살아가기 힘든 존재라는 사실을. 그날을 계기로 확고했던 비혼주의에 균열이 생기기 시작했다. 나이가 들수록 친구들도 가정을 꾸리면서 바빠지기 시작했다. 이제는 자주 만날 수가 없었다. 혼자가 자유롭고 편한 건 맞지만, 그건 어디까지나 만날 친구들이 있을 때만 그런 것이었다. 내가 더 이상 만날 사람들이 없어지게 되면, 그때도 정말 혼자만의 삶을 원할까? 그제야 알게 되었다. 내가 지금 혼자만의 삶을 갈망하는 이유는, 인간관계에 지쳤기 때문이라는 걸. 그러나 이 세상에 오직 나 혼자만 남는다면, 나는 다시 사람들과 함께했던 날을 갈망하겠지.

사람들과의 갈등과 다툼. 그로 인한 상처와 고통에 질려버린 사람은 혼자만의 삶을 갈망한다. 그러면 더 이상 남을 신경 쓸 일도, 상처받을 일도 없으니까. 하지만 얼마 지나지 않아, 또다시 누군가를 찾게 된다. 사람이란 본래 그렇다. 정해진 스케줄대로 바쁘게 회사 생활을 하다 보면, 여유로운 휴가를 즐기고 싶어 한다. 그러다 일을 한 달 넘게 쉬면, 지루해서 다시 일을 하고 싶어한다. 여름이 되면 너무 덥다며, 겨울이 얼른 오기를 바란다. 막상 겨울이 찾아오면 너무 춥다며, 얼른 여름이 오기를 바란다. 이처럼 무엇을 하든, 금세 질려버리고 그 반대의 것을 원하게 된다. 그것이 우리의 마음이자 변덕이다.

나는 사람을 만나는 게 지친다며, 관계를 부정하고 혼자서만 살아가려고 했다. 어딜 가든 사람을 마주칠 수밖에 없는 이 현실에서, 완전히 혼자가 되는 건 불가능한데 말이다. 인간은 본질적으로 다른 이와 함께 어우러져 살 수밖에 없다. 그래서 고민의 대부분은 인간관계로부터 시작되곤 한다. 다른 이들과의 관계를 회피하고, 방 안에 혼자 틀어박혀 있는 것은 그런 고민과 문제를 해결해 줄 지도 모른다. 하지만 그와 동시에 기쁨과 행복도 사라지고 만다. 모든 고민이 관계에서 비롯되듯이, 모든 기쁨도 관계에서 비롯되기 때문이다.

나는 세상엔 나쁜 사람들이 너무 많다고 믿었다. 그래서 내게 다가오는 사람들을 경계하며 철벽을 쳤다. 불안과 걱정은 늘 나의 몫이었다. 매 순간 경계 태세를 취한 탓에, 에너지가 소진되는 느낌이 들곤 했다. 그래서 한창 놀던 중에 집에 가고 싶었던 적이 꽤 많다. 서른이 되어서야, 굳게 닫아두었던 마음의 문을 조금씩 열기 시작했다. 세상에는 좋은 사람들이 얼마든지 있다는 걸 알기에. 나는 여전히 혼자만의 시간을 좋아한다. 그리고 사람들과 함께 어울리기 위해 노력한다. 혼자만의 시간도 좋지만, 좋은 사람들과 함께하는 시간은 더더욱 즐겁고 행복하니까. 이제 나는 안다. 함께하는 시간이 존재하기 때문에, 혼자만의 시간이 의미가 있다는 사실을.

에필로그

나이를 조금씩 먹어갈수록, 불안함과 왠지 모를 막막함이 들곤 합니다. 바쁘게만 살다 보면, 어느새 누군가를 책임져야 할 나이가 됩니다. 아무것도 이뤄놓은 게 없다는 죄책감. 나만 뒤처지는 거 같은 느낌. 그것들은 꽤나 고통스러웠습니다. 인생 참 쉽지 않더군요.

2022년 2월, 기면증 판정을 받았습니다. 갑작스레 난치병 환자가 되어버린 거죠. 분명히 절망적인 상황이었습니다. 하지만 이런 아픔이 오히려 좋은 기회가 되었어요. 갑자기 터진 이 상황 덕분에, 정신을 차릴 수 있었거든요. 더는 이대로 살아선 안 되겠다고 생각했습니다.

스트레스 지수가 매우 높다는 말에, 매일 제 감정을

마주하는 시간을 가졌습니다. 그러자 수시로 부정적인 생각만 하는 제가 보이더라고요. 감정 바라보기를 습관화한 덕분에, 이런 부정성에서 벗어나게 되었습니다. 스트레스는 눈에 띄게 줄었고, 수면 발작 증상도 사라졌습니다. 그렇게 저는 다시 정상적인 생활을 이어가고 있습니다. 약을 먹지 않고도요. 마음을 잘 다스릴 수 있게 되면서, 많은 것들이 변했습니다. 지금 이 순간에도 변하는 중이고요.

아무리 나쁜 상황에서도, 분명 좋은 점들이 있다는 걸 깨닫습니다. 저를 변할 수 있게 만들어 준 이 모든 상황에 감사할 따름입니다. 이 책은 제 인생의 새 출발을 기념하는, 정말 뜻깊은 작품이 될 듯합니다. 처음에는 정말 가벼운 마음으로 쓰기 시작했습니다. 내 이름으로 된 책 하나는 내야겠다는 그런 마음으로요.

하지만 시간이 갈수록, 가벼운 마음으로 써서는 안 되겠다는 생각이 들었습니다. 적어도 독자분들의 돈과 시간을 지켜주자. 돈 날렸다는 생각이 들지 않게, 더 무거운 책임감을 가지고 하자. 그렇게 출간 시기를 미뤘고, 글을 다시 수정하는 데에만 거의 1년이 걸렸습니다. 어쩌면 제 욕심일지도 모르겠습니다. 하지만 글을 쓰고 메시지를 전달하는 사람으로서, 마땅히 그렇게 해야 한다고 생각했습니다.

나를 좋은 방향으로 이끌어 주고, 항상 곁에서 따뜻한 응원과 용기를 주는 나의 동반자 윤형에게 고마운 마음을 전합니다. 아무것도 없던 제가 책을 쓴다고 했을 때, 묵묵히 응원해 준 친구 김경훈, 강호영, 김주한에게 감사를 표합니다. 바쁜 와중에도 흔쾌히 귀한 피드백을 준 하영, 이린님. 정말 감사드립니다. 처음 글을 쓰기 시작했을 때, 넘치는 응원과 따뜻한 마음을 전해주신 나경님에게도 감사합니다. 첫 책을 쓸 용기를 주시고, 방향을 잡아주신 최영원 작가님에게도 감사하다는 말을 전하고 싶습니다. 마지막으로, 지금의 저를 있게 해준 아버지, 어머니 그리고 하나뿐인 동생 지현. 정말 감사하고, 앞으로도 건강하고 행복하게 살기를 바랍니다.

참고문헌

서울대학교병원 의학정보, 〈기면증〉, 2023

조 디스펜자, 〈당신이 플라시보다〉, 추미란, 샨티, 2016.

폴커 키츠, 마누엘 투쉬, 〈마음의 법칙〉, 김희상, 포레스트북스, 2022

마이클 A. 싱어, 〈상처받지 않는 영혼〉, 이균형, 라이팅하우스, 2014

헤르만 헤세, 〈데미안〉, 안인희, 문학동네, 2013

마르쿠스 아우렐리우스, 〈명상록〉, 박문재, 현대지성, 2018

에크하르트 톨레, 〈에크하르트 톨레의 이 순간의 나〉, 최린, 센시오, 2019

그랜트 카돈, 〈10배의 법칙〉, 최은아, 부키, 2022

마이클 A. 싱어, 〈될 일은 된다〉, 김정은, 정신세계사, 2016

법륜, 〈법륜스님의 행복〉, 나무의마음, 2016

스티브 잡스, 〈스탠퍼드 대학 졸업식 연설〉, 2005

칼 구스타프 융, 〈인간과 상징〉, 이윤기, 열린책들, 2009

사토 도미오, 〈진짜 부자들의 돈 쓰는 법〉, 최윤경, 한국경제신문i, 2021

publisher   instagram   2haewriter

서툰 어른, 서른입니다

초판발행 2023년 12월 18일
지은이 이해
펴낸이 최대석 **펴낸곳** 행복우물   **출판등록** 307-2007-14호
등록일 2006년 10월 27일 **주소** 경기도 가평군 경반안로 115
전화 031-581-0491 **팩스** 031-581-0492
전자우편 book@happypress.co.kr
값 16,000원   ISBN 979-11-91384-82-6

MOSES CODE
모세의 코드

제이슨 타이먼

**3500년간 감추어졌던 비밀이
드디어 세상에 공개된다**

중고시장에서
30만 원에 거래되던
바로 그 책!

전국 서점
종교/역학 분야
베스트 셀러

**Best Seller Author
James Twyman's book**

세상에서 가장 강력한
끌어당김의 법칙

누구나 글의 씨앗을 품고 산다

박수진

내면 깊숙하게 자리 잡은 글과 삶의 씨앗을 틔우고,
저마다의 모습으로 생생하게 꽃 피워내기를 바라는
사람에게 전하는 이야기.

우리가 숨을 쉬는 한
글의 씨앗은
어디에든 살아있다.

바깥의 이야기가 아닌
바로 내 안의 이야깃거리.

내 안의 어디선가
글의 씨앗이 말을 걸어오고 있다면
기꺼이 펜과 노트를 꺼내어 보기를!

죽음 이후의 삶

디팩초프라 지음 / 정경란 옮김

~제2개정판 출시~

사후생 분야의 바이블!
세계적인 베스트&스테디셀러

인도의 전통철학과 티베트 불교를 바탕에 둔 책이지만, 기독교에 관한 내용도 상당히 많이 내포하고 있어 누구나 종교에 관계없이 편안히 읽을 수 있는 책